KB056880

푸른빛 청나일을 떠올릴
누군가를 생각하며...

이희탄 드림.

청나일 쪽으로

청나일 쪽으로

—

1판 1쇄   2023년 9월 22일 발행
1판 2쇄

지은이   이희단
편집   김영석, 김동현
기획   도서출판카논
디자인   김동현
펴낸곳   도서출판카논
ISBN   979-11-93353-00-4   03810
가격   15,000원

청나일 _____ 쪽으로

이희단
LEE HEEDAN

CANON

목차

작가의 말

　꿈을 꾸었습니다. 어릴 때부터 자주 꾸던 꿈이었습니다. 어딘가로 떨어져 깜깜한 허공을 혼자 돌아다니는 꿈. 무섭고 외로웠지만 한편으로 혼자여도 견딜 수 있을 것 같은 꿈이었습니다. 어머니는 키 크는 꿈이라며 무서워하지 말라고 말씀하시곤 했습니다.

　몇 년 전부터 가끔, 아주 가끔, 어릴 적 꿈이 불쑥 나타나곤 했습니다. 깜깜한 세계를 헤엄치고 다니는 꿈이었습니다. 두려운 마음으로 여기저기를 헤매고 다니고 있었지요.

　저 멀리 불빛이 하나 보였습니다. 불빛을 향해 열심히 가고는 있었지만 그곳에 닿을 수는 없을 것 같았습니다. 안타까웠습니다. 어떻게 하면 그곳에 닿을 수 있을까. 나는 열심히 달렸습니다. 그러나 항상 제자리로 돌아오는 것이었습니다. 땀을 뻘뻘 흘리며 깨어났습니다.

　깜깜한 허공에 한 발을 이제야 디뎠습니다. 겨우 걸음마를 뗀 것이지요. 두려움을 떨쳐내고 다음 걸음을 걸어야겠습니다.

　소설은 저에게 잃어버린 것을 찾아야 하는 '그 무엇'으로 다가왔습니다. 어쩌면 거기에서 저는 '무언가'를 찾을 수도 있겠다는 희망을 보았습니다. 그러나 그것은 무엇일까요. 어디에 있는 것일까요. 아마 이 늦은 나이에도 불구하고 나는 찾아보아야겠다고 이곳저곳을 훠이훠이 다니고 있는지도 모르겠습니다.

소설에는 작가의 삶 한 조각이 박혀있다고 생각합니다. 홀로이든 여럿이든 어떤 모습으로든 그 조각은 나타납니다. 어떤 조각은 쓰면서 눈물을 흘리게도 했습니다.

　　오랫동안 소설이 무엇인지 가르쳐 주고 이끌어주신 윤후명 선생님, 저를 문학 안에 머물도록 도와주신 황충상 선생님. 이 두 분을 만난 것은 제게는 커다란 행운입니다. 그러나 아직도 저는 소설이 무엇인지 모르겠어요. 소설이란 화두를 끌어안고 열심히 쓸 수 밖에 별 도리가 없는 것 같습니다.

　　사랑하는 가족들, 소설과 더불어 이들이 있기에 내가 존재합니다.

　　소설집을 내기까지 정성을 다해 준 도서출판카논의 김영석 작가에게도 감사의 말씀 전합니다.

2023년 9월. 이희단

청(靑)나일 쪽으로

청(靑)나일 쪽으로

빈집에 혼자 있을 J를 만나면 어떤 말부터 해야 할지 답답하기만 했다. 여행을 가지 말았어야 했어, 라는 말이 저절로 입 밖으로 새 나올 만큼이나. 뒤이은 한숨은 나 자신을 질책하는 마음의 소리임이 분명했다.

이집트 여행을 결정한 건 그의 집요한 설득 때문만은 아니었다. 핑계를 대고 싶지만 실은 내게도 은근한 기대가 있었음을 숨기고 싶지 않다. 대개의 사람들과 마찬가지로 오랜 인류 문명의 흔적을 직접 보고 싶다는 열망을 가지고 있었는지 모른다. 이집트 문명이 외계인에 의해서라는 둥 지금도 피라미드 건설은 풀지 못하는 불가사의 중 하나라는 둥 그런 소리를 어릴 때부터 듣고 자란 나 같은 사람은 무의식중에라도 그런

욕망을 품을 수밖에 없을 것이다. 하지만 그것 또한 지엽적인 것에 불과할지도, 실은 청나일에 가보고 싶었다는 게 진짜 이유였을지 모르겠다. 그녀는 내게 왜 청나일에 가려 하는지 묻지 않았다. 내가 J의 아빠에 대해 오랫동안 묻지 않았듯이. 스스로 말하지 않는 한 상처가 됐든 비밀스러운 결심이 됐든 파고들지 않는 예의가, 서로의 비밀을 지켜주는 그런 태도가 우리 관계의 버팀목이라 여기며 살아온 것 같다. 어쩌면 그런 태도야말로 우리가 이십여 년 한결같은 만남을 지속할 수 있었던 나름의 우정, 사랑의 다른 표현 아니었을까.

나일강의 발원지 중 하나인 청나일. 내가 청나일에 대해 알게 된 건 순전히 우연이었다. 하지만 그녀는 '순전한 우연이라니! 순전한 우연이란 건 없는 거야. 그런 게 아닐 거야.'라고 단호하게 말했다. 그런 건 다 하느님의 뜻이야, 언제부턴가 그녀는 이 말을 자주 했다. 내가 듣기 거북스럽다는 기미를 보였어도 개의치 않았다. 그런 그녀가 자신의 삶에 드리운 불행은 어떻게 해석했을지, 치료 불가 판정을 받아 집으로 돌아오게 될 줄은 생각이나 했을까…. 그녀가 자신의 병을 예측하지 못했듯 나 역시 여행 일정을 잡을 때까지 그녀의 상황에 대해 전혀 알아차리지 못했다.

간간이 입퇴원을 반복한 적은 있지만 한 달 이상 장기간 입원한 건 처음일 만큼 그런대로 건강이 유지되고 있었기에 나로서는 당황스러울 수밖에 없었다. 하지만 그것과 별개로 여행은 이미 두 달 전 예약 완료된 상태였다. 만약 취소한다면 계약금의 두 배를 물어줘야 하는 상품인 데다 칠 년 만에 한시적으로 재개한 이집트 여행 상품이라며 그는 흥분을 주체하지 못했고 조기 마감 전 얼른 신청해야 한다며 여러 번 지치지도 않고 강하게 말했다. 또 미리 신청해야 다만 얼마라도 할인을 받을 수 있다고, 자기는 피라미드를 보는 게 소원이라고, 이번에는 무조건 '여행만'을 위한 여행을 하겠다며 내게 입에 발린 약속을 하기도 했다. 그렇게 아픈 그녀를 두고 떠나는 게 마음에 걸려 망설이는 나를 재촉했다.

　건강했던 그녀가 암 진단을 받고 처음에는 놀라며 부정했지만, 얼마 지나지 않아 그녀는 곧 병을 받아들였다. 살면서 어려웠던 자신의 상황을 받아들였듯, 이번에도 모든 걸 순순히 받아들였는지 모른다. 나 역시 우선 의사의 말을 따르며 차분히 희망을 가져보자는 말밖엔 할 수 없었다. 사실 그녀가 걸린 암은 불행 중 다행으로 치료율이 높은 편에 속했다. 그랬기에 암에 걸렸어도 그럭저럭 통증을 제어하며 건강을 유지했고 직장도 전과 다름없이 다녔던 그녀였다. 그런 터라 급속도로 진전된 암 전이는 모두를 놀라게 했고, 결국 내가 여행을 떠나기 사흘 전 퇴원을 하게 된 것이었다. 처음부터 마음먹은 게 있었던지 병원에 입원할 때부터 제일 먼저 연명치료를 거부한다는 서류에 사인부터 했다고 들었다. 그뿐만 아니라 퇴원한 사실조차 내게 숨겼던 그녀, 그런 그녀의 근황을 이집트로 떠나기 바로 전날 그녀의 하나뿐인 혈육 J에게서 들을 수 있었다. 충격을 받은 나와 달리 J는 나름 마음 정리가 끝났는지 의사가 아직 두 달여의 시간이 남아 있다고 했으니 엄마를 만날 시간은 충분하다며 염려 말고 다녀오라 나를 안심시켰다.

"괜찮아, 다녀와."

침대에 누워서 그녀가 말했다. 아픈 사람치고는 혈색도 괜찮았고 누워 있는 것은 조금 피곤한 탓이겠거니 여겼다. 그래도 병원보다 집이 편한지 그녀는 평온해 보였다. 얼굴은 온화했고 표정 또한 평화로웠다. 삶의 집착이 사라진 탓일까? 오십 중반을 넘은 그녀의 피부는 맑았다. 모든 암 환자가 그렇진 않겠지만 얼굴에 잔뜩 그늘이 진 병자처럼 보이지도 않았다. 그녀는 내가 걱정할까 염려됐는지 간간이 힘이 없을 뿐 아무렇지 않다며 웃음을 보이기도 했다. 하지만 내심 불안했다. 저러다가도 언제 죽음이 덮쳐올지 모른다는 두려움이 마음 언저리를 배회했다.

죽음은 예고 없이 찾아오곤 했다. 아버지가 그렇게 허무하게 응급실에서 돌아가시지 않았던가, 어린 동생은 내가 보는 앞에서 물에서 빠져나올 수 없었지 않았던가. 그런 경험이 죽음만큼은 아무도 장담할 수 없다는 사실을 각인시켜 놓았다. 그러나 그녀는 죽음의 문 앞에서 진정한 평온을 찾았는지 내게 여행을 떠날 것을 진심으로 권했다. 새로운 경험을 통해 인생을 바꿔보라고 말했다. 여태까지의 내 인생이 지지부진했다는 무언의 압력이기도, 동시에 희망을 부추기는 말이기도 했다. 망설이지 말고 마음속 열망을 실현하라고 다그쳤다. 내가 그게 새삼 무슨 의미가 있느냐고 되물을 때마다 인간은 죽기 전까지 노력해야 한다며 누누이 날 설득했다. 그러며 청나일에서 자란 푸른콩으로 만든 커피를 꼭 마시고 오라고, 그래야만 한다고 내 손을 잡아주었다.

청(青)나일 쪽으로

사무실이 통의동으로 옮겨온 후 가끔 근처 카페에 들르곤 했다. 월급은 적고 커피는 비쌌지만 손님이 없는 오후 세 시에 들르면 주인의 눈치를 보지 않고도 좋은 자리에 오랫동안 앉아 있을 수 있었다. 그 자리에 앉으면 편안했고 마주 보이는 곳에 커피 메뉴와 가격을 적어 놓은 손 글씨가 보였는데 알파벳보다는 숫자의 글씨체가 보기 좋았다. 나는 수첩에 그 글씨체를 따라 적곤 했다. 예가체프, 과테말라, 브라질 등을 적고 있으면 이상하게도 그 나라에 가 있는 듯 느껴지곤 했다. 커피를 주문할 때는 주로 원산지의 지명으로 대신했는데 예가체프 주세요, 하면 나는 어느 틈에 에티오피아의 예가체프에 와 있는 듯했고 과테말라 주세요, 하면 나는 어느새 과테말라의 아티틀란 호수를 배회하고 있는 느낌을 받았다. 커피를 워낙 좋아하는 데다 지리적인 것에 쉽게 자극을 받는 내 성격 탓일까? 그 흔한 스타벅스에 갈 때에도 마치 시애틀 어딘가에서 커피를 마시고 있는 듯한 느낌을 받곤 했다. 아마도 세계 다양한 나라, 여러 도시를 여행했기 때문인지도 모른다.

누구나 알만한 메트로폴리탄, 한국인은 잘 찾지 않는 이국적인 나라를 포함해 얼마나 많은 도시를 스쳐 지나치곤 했던가. 그와의 파트너로 혹은 내조자로 또는 동료의 자격으로 많은 나라를 다녔다. 그런 경험이 쌓이다 보면 환승을 위해 잠시 머무는 공항에 첫발을 내딛기만 해도 그 나라의 정서와 면모가 쉽게 읽히기도 했다. 대도시의 공항은 대개 비슷비슷해 보여도 디테일한 인테리어 장식, 장애인 편의 시설 등에서 그 나라의 진짜 색깔을 엿보게 된다. 뉴욕, 샌프란시스코, LA, 시카고, 솔트레이크시티, 미네소타, 애틀랜타, 파리, 프랑크푸르르트, 텔아비브, 홍콩, 마카오, 도쿄, 상해, 베이징, 쿠알라룸푸르 등 많은 나라를 그와 함께했다. 그런 경험 때문에 쉽게 이국의 정서를 느낄 수 있는 것이리라.

속 모르는 친구들은 부럽다는 표현을 웃으며 말하곤 하지만 실상은 한 꺼풀 벗겨 보면 전혀 그렇지 않았다. 출장길에 잠깐 들른 도시에서의 하루는 서울에서의 그것과 별반 다르지 않았다. 그는 외국 업체에서 기계를 수입해 국내에 공급하는 사업을 했는데 가격을 협상할 때나 국내 판매가 부진할 때엔 우리는 항상 을의 입장에 지나지 않았다. 영어가 제대로 안 되는 나는 그 옆에서 조신하고 얌전한 동양 여자 노릇을 해야만 했다. 에티켓을 놓치지 않기 위해 갖은 애를 쓰며 조바심을 내기도 했다. 그것만이 그를 도와주는 것이라 믿으며 시차가 주는 피곤도 참아냈다. 호텔에 들어와 다음날 그가 입을 와이셔츠와 슈트를 다림질할 때면 나 자신이 초라하게 느껴지기도 했다. 오성급 호텔에 묵었지만 나에게 그 공간은 별 하나짜리도 안 되는 숙소였을 뿐이다. 그렇다고 그가 미팅에 참여하지 않아도 되는 내게 마음 편히 여행을 즐길 기회를 준 것도 아니었다.

카페에 들어서면 주인장이 직접 만들어 주는 드립커피를 마시곤 했다. 컵을 입에 대기도 전에 커피 향은 내 몸 전체를 휘감아 둥둥 떠오르는 기분이 들곤 했다. 그곳의 커피는 여느 곳과 달랐다. 코끝을 감도는 향이 진했고 머금고 있는 동안 느껴지는 풍미도 달랐다. 로스팅이 달라서일까? 카페 주인은 그때마다 자신의 커피 사랑이 정말 대단해서 원두 고르는 일부터 남다르다고, 꼭 알아달라는 듯 커피를 주문할 때마다 길게 얘기했다. 원두에 대한 설명이 끝나면 볶는 법, 가는 법, 커피를 내리는 법을 일일이 설명한 후 다 내린 커피를 명품 잔에 따라 내 앞에 가져다주었다. 어쩌면 그건 작은 선물인지도 몰랐다. 점심 식사를 마치고 들어온 손님들로 왁자지껄하게 온 좌석이 꽉 차 기분이 좋았고 바빴던 시간이 지난 뒤, 잠시 휴식 시간을 즐길 때쯤 나타난 나에게 그가 베푸는 선물. 별다른 건 없었지만 언제나 나는 그가 하는 얘기에 푹 빠져들곤 했다. 주인장 이야기는 항상 비슷했다.

청나일의 푸른 원두를 아세요?

나일강 발원지인 에티오피아에 푸른 강이 있는데 이 물을 먹고 자란 원두는 푸른색을 띠게 되는데 원두를 내릴 때면 푸른빛이 나온다는 이야기였다. 그 얘길 듣고 그 커피를 달라 주문했지만 그는 그 원두는 우리나라에는 없다고 했다. 그걸 맛보려면 에티오피아의 청나일 강가에서 자란 커피 원두를 따와야만 한다고 말했다. 청나일의 푸른 원두는 워낙 소량만 재배되기 때문에 지역의 주민들도 먹지를 못하고 그곳까지 온 상인들에게만 판다는 것이었다. 그렇게 푸른빛이 감도는 커피를 음미하기 위해서는 직접 청나일에 가야 한다고 그는 말했다. 도대체 그곳이 어디인가, 검색을 해봤지만 관련 정보는 나오지 않았다. 다만 청나일강의 발원지는 타나 호수이며 그곳엔 침략을 피해 섬으로 도망친 수도사가 아직도 수도원을 지키고 있다는 걸 알게 됐다. 또한 수단의 수도인 하르툼에서 청나일강과 백나일강이 만난다는 것도.

나는 '아프리카'란 카페에만 가면 푸른빛을 띤 원두의 커피는 정말 푸른빛이 나는지, 맛은 주인장 말대로 환상적인지 항상 궁금해하곤 했다. 그런 얘기들이 오간 다음에는 에티오피아는 나의 버킷리스트 일 순위에 자리를 잡는 나라가 되어있었다. 나중에는 꼭 가야만 직성이 풀릴 것 같았고 결코 이루어질 수 없는 약속을 받아내야 한다고 혼자서 비장하게 결심하곤 했다. 그래서 틈만 나면 언젠가 그곳에 갈 기회가 생기면 나도 꼭 가고 싶다고, 가게 된다면 따라가도 되느냐고 농담처럼 묻곤 했다. 그러면 주인장은 자신만의 커다란 비밀을 털어놓아 이제는 비밀이 아니게 되었다는 듯 푸른빛 커피에 대해서는 일절 화제에 올리지 않았다. 나만 속으로 호기심을 키운 꼴이 됐지만 푸른빛 원두를 음미하고 싶다는 생각은 쉽게 사라지지 않았다. 어쩌면 학교 다닐 때 즐겨 읽었던 프랑스 시인 랭보도 나와 같았는지 모른다. 시를 버리고 에티오피아에 갔다고 했는데 그도 푸른빛의 커피를 찾으러 간 건 아니었을까.

비행기가 이륙하기 전 그녀에게 문자를 보냈다. 잘 다녀올게. 늘 내게 말했던 것처럼 다른 사람이 되어 돌아올게. 푸른콩도 보고 올게. 기다려 줘. 핸드폰 전원을 끄고 창밖을 내다보았다. 사랑한다는 문자를 보냈어야 한다고 후회했지만 비행기날개가 비스듬히 떠오르는 걸 보면서 돌아와 직접 말하는 편이 좋겠다고 생각했다. 이제까지 그녀에게 한 번도 하지 않았던 말이었다. 몸의 중심이 등 쪽으로 옮겨졌다. 안전벨트를 풀어도 된다는 기장의 안내 멘트를 들으며 그녀와 처음 만났던 날을 떠올렸다.

아버지가 허망하게 떠나고 친정어머니와 나, 둘만 남겨진 세상은 적막했다. 친정어머니가 사는 곳 가까이 이사를 했고 아이를 새 유치원으로 옮긴 뒤였다. 유치원 학부모들의 모임이 있던 삼월의 어느 날, 날은 스산했고 음침했다. 바람이 세게 불었다. 언덕에 있는 유치원까지 갈 길이 멀게만 느껴졌다. 땅만 보고 걷던 내가 고개를 들었을 때 어떤 여인이 뒤를 돌아선 채 언덕 아래를 바라보고 있는 모습이 보였다. 유치원에 가세요? 나는 그녀를 올려다보며 물었다. 그녀는 내 말을 듣지 못했는지 그대로 멈추어 선 채 앞만 바라보고 있었다. 내가 재차 묻자 그녀가 내게 눈길을 돌렸다. 나는 그 눈을 지금도 잊을 수가 없다. 그녀의 시선은 내 쪽을 향하고 있었지만 내가 아닌 더 먼 어떤 곳을 응시하고 있는 듯했다. 나는 뒤를 돌아보았으나 언덕 아래엔 나뿐이었다. 그녀는 말없이 돌아서서 앞을 향해 발걸음을 옮겼다. 펑퍼짐한 바지에 평범한 블라우스, 길게 늘어뜨린 카디건, 유치원 학부모의 외출 옷차림과는 거리가 멀었다. 나는 머쓱해하며 그녀 뒤를 따랐다.

그녀의 행동이 조금 이상했다는 걸 그때는 왜 몰랐을까. 지금 생각해 보면 당시 그녀는 정신적으로 심하게 앓고 있었음이 틀림없었다. 그 후로도 몇 번 그런 행동을 보일 때마다 그녀는 병원 신세를 지곤 했다. 그녀를 조금씩 알아가면서 나는 그녀의 보호자가 되어 그녀를 병원에 데리고 가야만 했다. 나의 짐이 하나 더 늘어난 셈이었지만 그녀를 그대로 내칠 수도 없

었다. 그녀는 친정어머니가 있는 빌라 아래층에 살고 있었는
데 어린 딸 말고는 그녀에겐 가족이 아무도 없었다. 아버지가
돌아가신 후 혼자 사는 어머니와 그녀는 서로 의지하며 식구
처럼 지냈다. 내가 질투를 느낄 만큼 사이가 좋았다. 어머니가
적적하지 않아 내심 안심했고 육 남매의 맏며느리인 나를 대
신해 어머니를 돌봐주어서 고맙게 생각했다. 그러나 삼십 대
에 낳은 딸 J를 키우며 살아온 그녀는 항상 불안해했다. 그 옆
에서 나는 그녀 곁을 떠나지 못했고 계속 지켜보며 살아왔다.
물론 어머니와의 관계 때문이기도 했지만 아들만 있는 내게 J
는 딸 노릇을 톡톡히 했다. 나는 J를 딸처럼 생각했고 사랑했
다. 동시에 그녀가 병원에서 돌아오면 자살할지도 모른다는
불길한 생각을 지울 수 없었다. 여자 혼자 딸을 키운다는 호기
심에 찬 세상의 인식을 삭이며 살아왔을 그녀의 속내를 어렴
풋하게 짐작만 했을 뿐 병의 원인이 무엇인지 그녀에게 물어
볼 수 없었다. 혹시 나의 질문으로 그녀의 병이 더 깊어질까 걱
정되었다.

　사실 그녀가 혼자였다면 그렇게까지 걱정하지는 않았을 것
이다. 누구에게나 인생은 스스로 책임져야 하는 것이니 살거
나 죽거나 그건 그녀의 인생이라는 편한 생각을 했다. 그러나
어린 J는 어찌 될 것인가. 만약 그녀가 없어진다면 J의 양육은
당연히 내 몫이 될 게 뻔했다. J를 양육기관에 맡길 수는 없는
노릇 아닌가. 어머니가 맡을 것은 불을 보듯 당연했다. 어머니
는 J를 친손녀처럼 아꼈으니까. 그녀는 긴 세월을 살아오며 은
연중에 그런 암시를 얼마나 많이 주었던가. 나는 그녀처럼 냉

　　　　　　　　　　　　　　　　　청(靑)나일 쪽으로

철하지 못했다. 그녀는 알고 있었을 것이다. 내가 J를 얼마나 사랑하는지를, 자신이 세상에 없게 된다면 내가 J를 거두어 주리라는 것을.

그녀는 월급쟁이의 아내로, 사업가의 아내로만 살아온 내가 스스로의 삶에서 한 발짝만이라도 내딛기를 바랐다. 정체된 삶을 벗어나 꿈을 찾기를 바랐고 나 또한 그러기를 갈망했다. 하지만 주어진 내 삶 안에서 반 발짝도 나아가지 못하게 한 것 또한 그녀 자신이었다. 그녀의 광기는 시시때때로 나를 놀라게 했다. 그녀는 나의 선함을 높이 샀는데 그래서 결국 발걸음을 떼지 못하리란 것도 알았을 것이다. 그런 면에서 그녀는 현명하면서 영악하다고 나는 가끔 생각했다. 그녀를 감당할 수 없어 포기하고 싶을 때마다 그런 내 마음을 알아채고는 '너는 착한 사람이야.'라면서 자신 곁을 떠나지 못하게 했다. 아프기 전까지는 말이다. 언젠가 들었던 누군가의 말이 생각났다. 내가 아무리 설교해도 사람은 바뀌지 않더라고요. 그러나 병이 사람을 바꿔요. 죽음 앞에 서야 바뀌더군요. 그 말이 맞는 것일까. 그녀의 병이 깊어지면서 광기도 줄어들었다. 육체의 병이 마음의 병을 이긴 것일까. 그녀는 나를 서서히 놓아주었다. J도 말했다.

"이모, 오랜 세월 동안 수고 많았어요. 이제는 나도 컸으니 엄마는 제가 돌볼게요."

그러나 내가 할 수 있는 일은 무엇일까. 가족을 돌보는 일 말고 내가 잘할 수 있는 일이 있을까. 나는 이번에는 푸른콩을 갈아 만든 커피를 직접 산지에서 먹을 수 있을까. 그 커피 맛과 향이 도대체 어떻기에 카페 주인은 거기를 홀로 찾아 떠나는 것일까. 나는 정말 궁금했다. 나도 따라가서 그 커피를 마시고 싶었다. 나의 간절한 눈빛을 그도 보았던 걸까. 여행 마지막 날에 맞춰 카이로에서 만나기로 한 건 그가 내 외로움을 보았기 때문인지도 모른다. 이제 숙제는 나에게 넘어왔다. 그만 잘 설득하면 푸른콩을 볼 수 있으리라는 희망에 들떴다. 지금 생각해 보면 참으로 이해되지 않는 일일지 몰라도 그때 나는 얼마나 행복했던가. 지금과는 다른 삶을 살 수 있다는 희망, 결과를 넘어 희망 자체가 내 마음을 가득 채웠다.

공항에서 나와 버스에 오른 시간이 밤 열한 시였다. 카이로의 야경을 보는 것으로 여행의 첫날을 보냈다. 야경은 신기할 것도 새로운 것도 없었다. 아무 감흥도 주지 못했다. 그저 피곤했다. 특별한 일이 있었다면 그의 여행 가방이 컨베이어 벨트를 몇 번이나 돌아도 나오지 않았다는 정도일까. 그것도 별다른 걱정거리가 되진 못했다. 며칠 뒤 돌아볼 룩소르 신전으로 보내준다고 했으니 그곳에서 찾으면 될 일이었다. 그가 약간 불편했겠지만 누구에게 화낼 입장도 아니었다. 괜찮다고는 했지만 겨울바지를 입고 온 그가 더위를 어떻게 견딜지 조금 걱정이 되긴 했다. 날이 더웠다. 당연했다. 이곳은 사막이 곁에 있으니까.
사진으로 본 것과 실제로 가서 본 것은 많이 달랐다. 게다가 정작 피라미드 앞에 가서는 그 위엄을 제대로 느낄 새도 없이 많은 관광객과 말과 마차, 가이드의 긴 설명에 쫓겨 허겁지겁 지나칠 수밖에 없었다. 유명한 기자 지역의 피라미드 중간 아래쪽에 위치한 작은 구멍이 있는 곳에 가서도 사람들이 그 속으로 들어가는 것만 확인하고 들어가 보지도 못했다. 가이드가 그 구멍이 피라미드로 들어가는 입구라고 말했지만 시간에 쫓겨 눈으로만 확인하고 돌아서야 했다. 눈길을 반대편으로 돌리면 길 건너편엔 많은 건물이 도시를 이루고 있었다. 서울의 숭례문이 도로 한복판에 있듯, 파리의 개선문 역시 로터리를 도는 많은 자동차의 행렬에 가로막혀 있듯, 피라미드 역시 마차와 버스와 사람들로 뒤엉킨 공간을 뚫고 들어가야만 한다. 구멍 속을 들어가 보지 못한 게 아쉬웠지만 버스에 올라 근처의 다른 피라미드를 보러 이동했다.

사막에 세워진 두 개의 피라미드를 더 관람했다. 그나마 사진으로만 보던 세 개의 피라미드를 눈으로 확인하는 걸로 만족해야 했다. 나일강이 범람하면 피라미드끼지 물이 차올라 배를 띄워 돌을 옮겼다고, 그게 저기 보이는 '신의 배'라고 가이드가 열심히 설명했다. 그 배는 피라미드와 스핑크스 근처에 위치해 있었고 아직 건조 중에 있었다. 다들 스핑크스를 배경으로 사진을 찍느라 정신이 없었다. 관광객 뒤를 쫓는 상인 또한 많았다. 거대한 배경의 스핑크스 때문인지 그들 또한 유적의 일부처럼 보이기도 했지만 고개를 살짝 돌리기만 해도 그런 착각은 금세 깨지고 말았다. 피라미드 건너편엔 여느 도시 못지않게 많은 사람이 살고 있었다. 그 거대한 유적지는 현재와 함께 숨을 쉬고 있었다. 아프리카 카페에서 커피를 마실 때 창문 너머로 본 경복궁 담은 단정하고 아담해 친근했다. 해질 무렵 카이로 시내 골목 사이로 언뜻 본 피라미드의 비스듬한 선은 단순하면서 웅장했다.

이모, 오늘 엄마 입관했어요. 내일은 장지에 가요. 문자를 받았다. J가 카카오톡으로 간단하게 보내온 문자, 그 문자를 보는 순간 숨이 멎는 듯했다. 그러나 조금은 예상하지 않았던가. 거둔 숨을 되돌릴 방법은 이 세상에 없었다. 다만 그녀가 죽었다는 사실이 현실의 무게로 내게 전해졌다. 그리고 전해진 사진 한 장, 다리에 힘이 풀렸다. 사진은 장례식장에서 많은 교인이 예배를 드리는 모습을 담고 있었다. 나는 어제처럼 또 주저앉고 말았다. 이집트 최초의 여왕인 하트셉수트의 장제전 앞에서였다. 누구는 죽어서도 이렇게 궁전을 지어주기까지 하는데 그녀에겐 아무것도 남은 게 없다. J밖에는. 그녀의 마지막이 어떠했는지 알고 싶었으나 차마 물을 수 없었다. 이 순간 서울에 없다는 죄책감과 J 혼자 겪어야 하는 슬픔과 당혹스러움이 떠올랐다. 장례의 마지막 절차를 어떻게 치를지 걱정이 되었다. 장례식 절차를 챙겨줄 경험 많은 어른이 없는 장례식장은 어떠할지 현실적인 걱정이 앞섰다.

가이드는 가끔 이런 일이 있어요, 하며 운을 뗐다. 발인하는 날에 맞추어 갈 수가 없다고, 비행기가 없다고, 아무리 빨리 가도 장례식엔 참석할 수가 없다고.

'왕들의 계곡'은 기본 일정에 들어있지 않아 옵션으로 선택하게 되어있었다. 일행들은 기꺼이 돈을 더 내고 관람하기를 원했다. 단 한 사람도 반대하지 않았다. 여기까지 왔는데 보고 가지 않을 수는 없었을 것이다. 살아생전 언제 또 이곳을 올 것인가. 모두 그런 마음이었을 것이다. 나 혼자만 가고 싶지 않다고 말할 순 없었다. 단체 관광이니 함께 움직여야 했다. 마음 같아서는 나일강에 정박하고 있는 배에 그대로 남아 있고 싶었지만 그는 혼자 있으면 안 된다며 등을 떠밀었다. 그는 여전히 호기심에 가득 차 있는 사람처럼 보였다. 내키지 않는 발걸음을 내디뎠다. 그녀가 이 세상에 없다는 사실을 그는 잊은 걸까. 내심 서운했으나 그저 그런 사람이려니 포기했다. 청나일 쪽으로 가는 것도 포기하고 푸른콩도 포기한 나인데 왜 '왕들의 계곡' 구경은 포기를 하지 못하는지 나 자신이 한심스러웠다. 어제의 감정에 휩싸이면서 아름다운 네페르타리 무덤 벽화를 무덤덤하게 지나쳤다. 집중이 되지 않았다. 무덤 벽화 중 가장 아름답다는 곳에서조차 나는 아름다움을 절망으로 보았다. 죽은 후에도 살아 있을 때처럼 살기 원했던 이집트인들의 내세관은 후대에 놀라운 문명의 역사를 남겨 주었지만 지금의 내게는 단지 눈물 없이 볼 수 없는 그림일 뿐. 지하의 어둠 속에서 희미하게 내뿜는 불빛이 눈물을 감추어 주었다. 많은 관광객과 섞여 돌아다니는 것에 감사했다. 그는 저만치 앞서 걸으며 삼천오백 년 전의 아름다움에 취해 넋이 나간 듯 감탄하며 사진을 찍느라 바빴다. 나에게 눈을 돌리지 않는 것이 고마울 따름이었다. 다른 때였으면 혼자 돌아다니는 것에 서운해했을 것이다.

　여행을 오지 말았어야 했어, 라고 찌푸린 하늘을 쳐다보며 중얼거렸다. 중얼거리는 소리는 항상 그랬듯이 입안에서만 맴

돌았다. 입관했다는 말이 마음속에 돌처럼 묵직하게 들려왔다. 이제 그녀는 땅속에 묻혔어. 나는 혼잣말을 했다. 그녀의 마지막을 보지 못했다는 후회와 떠나올 때의 망설임은 나만의 것이 되었다. 이번에도 마지못해 이곳저곳을 겨우 따라다니며 이런 여행은 오지 말았어야 했어, 라고 내내 중얼거리지 않았던가. 그가 먼저 호텔로 돌아가고 잠시 머리를 식히고 들어왔더니 룸은 비어 있었다. 어디를 간 걸까. 홍해 바다에 해수욕을 하러 간 걸까. 방엔 풀어 헤쳐진 여행 가방, 기념품, 지인에게 줄 선물 쇼핑백들이 당장이라도 정리를 해 달라는 듯 나를 바라보고 있었다. 겨우 일어났다가 다시 침대에 누웠다. 누워서도 여행을 오지 말았어야 했어, 나는 또 중얼거렸다. 이번엔 입 속에서 저절로 말이 튀어나왔다. 그나마 입 밖으로 뱉을 수 있어 다행이면 다행이랄까. 언제쯤 이 말을 안 하게 될까, 죽을 때까지 반복하게 될지 몰랐다. 그가 평생에 단 한 번 있을 여행이라고 유혹했을지라도, 그녀가 괜찮다며 다녀오라고 미소를 지었을지라도 오지 말았어야 했다.

아스완에서 카이로로 돌아오는 길에는 기차를 탔다. 설마 사막 가장자리에 철로가 놓여 있고 그 위로 기차가 다니리라고는 예상치 못했다. 사막을 달리는 기차는 내가 어렸을 적 탔던 기차를 연상시켰다. 그 기차가 지금 달려간다. 청나일 쪽을 향해. 강가 가장자리 작은 오두막에서 그녀가 손을 흔든다. 나도 손을 흔든다. 눈을 감으면 그려지는 풍경. 그리고 꿈속에서 만난 그녀는 내게 말한다. 너무 좋다고. 어찌 이렇게 내 마음을 알고 있기라도 한 것처럼 철로가 내려다보이는 아파트로 이사

청(靑)나일 쪽으로

를 했냐고. 그녀는 무척 좋아했다. 아주 어릴 적부터 아니 더 어렸을 때부터 기찻길 옆에서 살았었다고 이제야 밝힌다며 얼굴을 붉힌다. 어렸을 땐 가난한 사람들이 살던 곳이 기찻길 옆이었다는 사실도 나에게 알려준다. 가난했지만 불행하지는 않았었다고 나를 안심시킨다. 그러나 나는 우리가 왜 그곳에 살았을까 물어보고 싶어 입이 근질거린다. 이런 가당찮고 이상한 질문을 해서 그녀를 당황하게 하고 싶지는 않지만 어릴 적 나는 그녀와 기찻길 옆에서 같이 살았던 것만 같다. 그러나 끝내 궁금한 물음을 입안으로 삼키고 만다. 그러거나 말거나 그녀는 세상은 참 빠르게 변하고 있지, 하며 내 어깨를 부드럽게 감싸 안고, 철길 너머 크고 높은 불 밝힌 빌딩을 바라본다.

예전에 살던 아파트에선 거실에서 볼 수 있는 풍경이라곤 앞 동 복도뿐이었다. 복도엔 지나다니는 사람조차 별로 없었다. 하루 종일 기실에서 복도를 바라보노라면 마음마저 텅 비어 가는 것만 같았다. 비어있는 복도의 풍경이 그를 더욱 기다리게 했을까? 긴 복도를 바라보고 있으면 어쩌면 사람이 그리웠는지 모르겠다는 생각이 들곤 했다. 저녁이 이슥할 무렵부터 그가 올 때까지 불도 켜지 않은 거실에 앉아 있다 그를 맞이하곤 했다. 복도를 비치는 불빛이 거실에까지 와 닿으면 그리 어둡지 않았다. 가끔 그녀가 들러서 차 한 잔 마시러 왔어, 혼자 울고 있는 건 아니지, 하며 농담을 던지기도 했다. 새로 이사한 아파트는 앞에 철로가 있고 그 너머에 빌딩이 있어 시야가 넓어 선택했을 뿐 별다른 이유는 없었다. 그러나 시간이 지나면서 기차가 지나갈 때마다 어딘가 떠나고 싶은 유혹을 느꼈다. 그녀에겐 차마 말할 수가 없었다. 그녀는 이곳을 정말 좋아했다. 특히 화물열차는 철커덩철커덩 소리를 길게, 아주 길게 냈는데 새벽마다 스무 량은 족히 넘어 보이는 화물열차가 지나가곤 했다. 선잠에서 깨어날 때마다 무작정 어디론가 떠나고 싶었다. 이 집을 벗어나고 싶었던 걸지도 몰라. 집을 벗어난다고는 했지만 실은 그의 곁을 떠나고 싶어 했는지 모른다. 그는 이 집에 온 후 많이 변했다. 이사 후 삶이 좀 더 편안해진 탓인지 게으름이 자라났다. 그는 움직이기 싫어했고 안락함에 길들어 갔다. 도무지 바깥으로 나가지 않았다. 그 흔한 외식도 마다했다. 라면으로 휴일의 오후를 때웠고 티브이로 시간을 죽였다. 그가 집에서 무기력할수록 나는 떠나고만 싶어졌다. 그녀와 함께라면, 그녀와 함께라면 얼마나 좋을까. 아마 그때부터였을 것이다. 남편이 더 이상 남편이 아닌 그로 보이기 시작한 때가.

창을 열면 기차가 덜컹덜컹 지나가는 소리가 들렸다. 화물열차 소리였다. 다른 기차들은 귀를 기울일 새도 없이 너무 빨리 지나갔다. 쐐액 소리를 내며 쏜살같이 지나갔다. 정말 눈 깜박할 새에 시야에서 사라졌다. 어느 날 내가 기차의 움직임, 그 움직임이 내는 소리가 나를 지탱해 준다고 했을 때 그녀는 고개를 끄덕이며 미소만 지었다. 특히 철커덩철커덩 소리를 내며 느릿느릿 지나는 화물열차는 내 마음을 끌었다. 하나, 둘, 셋, 넷, 다섯, 여섯,…… 나는 열까지 세다 말았다. 화물열차는 길고도 길었다. 안에 뭐가 실렸을까, 석탄이 실렸을까, 영화에서 본 유대인이나 시베리아로 귀양을 가던 도스토옙스키, 수용소로 향하던 솔제니친이 타고 있는 건 아닐까. 아니 랭보가 타고 있을지도 몰라.

한밤중에 시간에 쫓겨 급하게 기차를 타야 했다. 플랫폼에서 기다리고 있는데 내 앞에 열차가 정지하더니 문이 저절로 열렸다. 객차처럼 보이지 않았지만 화물열차란 생각 또한 하지 못했다. 서둘러 올라탄 후 눈이 어둠에 익숙해지자 여기저기 짐이 널려 있는 게 겨우 보이기 시작했다. 객차 안은 지저분했고 역한 냄새로 진동했다. 열차는 철거덕철거덕 거리며 느리게 느리게 움직였다. 열차 안은 매우 추웠다. 나는 몸을 동그랗게 말았다. 담요를 얼굴까지 덮었지만 몸은 점점 딱딱해져 갔다. 나는 궤짝 속에 갇힌 짐승이 되어 가고 있었다. 아무런 감정도 느낄 수 없는 동물이 되어 가고 있었다. 나는 사람이 아니라 화물이 되고 싶었는지도 모른다. 열차는 나를 화물처럼 싣고 어디론가 떠나가고 있었다. 내 옆에 있는 사람이 그인지 그녀인지 알 수도 없었다. 전에 그녀에게 물어보고 싶었던, 그녀의 집이 기찻길 옆 오른쪽에 있었는지 왼쪽에 있었는지는 중요치 않았다. 꿈에 그녀가 하늘나라에 있다고 했다.

새벽이었다. 가슴 통증에 숨이 멎는 듯했다. 그건 가슴을 날카로운 송곳으로 쿡쿡 찌르는 통증이었다. 송곳은 등 뒤에서 시작해 가슴으로 이어졌다. 숨을 쉴 수 없었다. 아팠다. 손을 가슴에 대고 꽉 눌렀다. 통증이 잠시 머물다 옅어졌다. 처음이었다. 슬픔이 너무 크면 몸으로 전해져 온다는 말이 생각났다.

그건 엄마의 말이었다. 어린 동생이 세상에 없게 됐을 때 엄마가 가끔 가슴을 쥐어뜯으며 아파했던 기억이 났다. 슬픔이 몸에 고여 넘쳐나면 이렇게 되는구나. 엄마도 이랬구나 하는 뒤늦은 깨달음. 나는 앞으로 얼마나 가슴을 아파해야 할까, 그녀의 임종을 지키지 못한 벌을 이렇게 받는구나 하는 느낌. 장례식은 산 자를 위해 꼭 필요한 것이라는 자각. 슬픔을 토해냈다면 가슴이 이렇게 아프지는 않았을 거란 생각이 새벽에 내가 깨달은 지혜인지. 이제 나는 누구에게 마음속 이야기를 털어놓을 수 있을 것인지 아득하기만 했다. 슬픔이 빠져나가기엔 오랜 시간이 걸릴 게 뻔했다. 그때까지 침묵으로 버틸 수 있을까. 슬픔은 혼자 견디어야 한다는 걸 어릴 때부터 이미 알아 오지 않았던가. 눈앞에서 갑자기 생명이 스러져 가는 걸 보는 슬픔을 견디는 게 나의 운명이란 말인가. 아직 버티며 살아갈 힘이나 있는 것인지. 그녀의 임종을 지키지 못했다는 깊은 자괴감은 언제 없어질 것인지조차 알 수 없었다.

그녀가 그토록 내게 바랐던 청나일을 방문해 푸른 커피를 마시지는 못했더라도 그곳에 가기 위한 계획을 세우고 마음을 먹은 행위야말로 이미 모든 걸 이룬 것이나 마찬가지일 거라고, 그녀가 진정 바랐던 건 이런 스스로의 결심인지 모르겠다는 생각이 들었다.

서울을 떠나기 전날, 잠깐 그녀에게 들렸을 때 그녀는 잠들어 있었다. 나는 그녀의 손을 꼭 잡고 싶었다. 그녀의 운명을 나도 몰래 예감했던가. 엄마가 잠들었으니 그냥 가라는 J의 말을 듣고 망설였다. 나 손이라도 잡아보고 떠나고 싶어, 라고 말

　　　　　　　　　　　　　　청[靑]나일 쪽으로

했지만 그녀의 잠을 깨우지 말라 했던 J. 의사를 만나고 왔는데 두 달은 더 살 수 있다니까 엄마 말대로 잘 다녀오라는 그녀의 말을 따랐다. 그 손을 잡았어야 했는데. 흰 손이 아닌 따뜻한 손을 잡고 왔어야 했는데 내내 걸렸다. 아니, 차가운 손이라도 잡았어야 했는데. 이별의 흰 손, 어디에선가 읽었던 말이 떠올랐다. 어느 작가가 고흐의 묘지를 떠나는 장면을 쓰며 이별을 흰 손으로 표현했던 은유의 문장이. 어떤 가수가 부른 그대의 흰 손이란 노랫말도 떠올랐다. 죽은 사람이 안녕하며 손을 흔들며 떠날 때의 손은 흰색이란 말인가. 죽음의 손은 흰색이던가. 단지 죽었기에 흰색인가, 살아있는 우리와 구분 지으려고 흰색이라고 했을까. 나는 그녀의 마지막 순간을 함께하지 못했다는 후회가 오래갈 거라는 것, 내 마음에 그늘이 만들어지리라는 것, 오랜 세월이 흘러도 그늘의 흔적이 여전히 남아있으리라는 것을 예감했다.

청나일 쪽으로 가야만 내가 바뀌는 건 아닐지도 모른다. 일상에서의 내 모습이 달라지진 않을 것이다. 그와 멀어지는 것도 아닐 것이다. 그러나 앞으로 겪게 될 일상을 대하는 내 마음은 달라질 것이다. 전처럼 살지 않겠다는 다짐이기도 할 것이다. 무엇보다도 나는 글을 쓰게 될 터였다. 비록 어떤 결실을 보지 못한다 하더라도 나는 나를 기록할 것이었다. 내가 살았던 흔적을 남길 것이었다. 거기에는 물론 그녀가 많은 부분을 차지하게 될 터였다. 나는 달라지지 않았으나 분명 달라질 것은 확실했다. 청나일 쪽으로 갈 생각을 했을 때부터 시작되었는지도 모른다. 가끔 인생은 갑자기 변하기도 하는 것이니까.

그런 사람들도 있으니까. 세상은 살 만한 것이라고 그녀가 내게 가르쳐 주려고 한 건 아니었을까. 지루한 일상, 지루한 관계 속에서도 생각만 달리하면 살 만한 가치를 충분히 느낄 수 있다는 걸 떠나면서도 내게 알려준 건 아닐까. 세상에는 벅찬 가슴으로 맞이하는 아침 해도 있고 조용히 지는 저녁노을과 힘차게 가지를 뻗는 나무도 있고 잡풀 더미에서도 피어나는 작은 꽃도 있다는 깨달음을 나에게 알려주려 한 건 아니었을까. 나일강과 그 강의 범람이 이집트를 만들었듯이 그녀의 죽음은 나를 만들 것이었다. 어쩌면 내가 신전에 있을 때 그녀의 영혼은 나보다 먼저 청나일을 다녀왔을지도 모른다.

나, 네가 그렇게 가보고 싶었던 청나일 쪽을 쭉 훑어보고 왔어. 그곳엔 정말 푸른콩이 있더구나. 위에서 아래를 내려다보니 깜깜한 밤하늘에 별처럼 빛나는 푸른콩. 나는 네가 푸른콩이 되었으면 해. 네가 빛나는 푸른콩이야. 명심하길. 나는 그곳을 다녀온 거나 마찬가지일 것이었다. 나는 그렇게 믿는다.

검은색 대리석 판에는 그녀의 이름과 태어나고 죽은 연도가 새겨져 있었다. 아직 이월인데, 아직 올해가 가지도 않았는데 바로 열흘 전까지도 살아있었던 그녀인데 한 줌의 재가 되어 묻혀있다. 그녀는 그렇게 바라 마지않던 천국에 가 있을까. 이제 얼마 후면 늦겨울의 해가 기울 것이다. 어둠에 잠기기 전에 어서 떠나라고 관리인은 재촉한다. 공항에 도착하자마자 그녀를 찾아온 것으로 나는 나의 할 일을 다 한 것일까. 앞으로 J와 살아가는 일이 쉬울 수도 어려울 수도 있겠지만, 그녀가 나에게 했던 마지막 말이 되살아난다. 네가 J의 곁에 있어 든든해.
그 말을 마음속에 새기며 나는 한 발짝씩 걸음을 옮겼다. 푸른
어둠이 다가오고 있었다.

오사카의 시계

오사카의 시계

꽃이 진 자리에 돋아난 새잎이 연초록색을 띠고 있다. 연초록색 나뭇잎이 작은 바람에도 흔들린다. 흔들리는 것은 내 마음인가. 연한 나뭇잎 사이로 비치는 햇살이 따스하게 나를 비춘다. 그와 거닐었던 길을 이제는 혼자 걷고 있다. 그는 어디로 갔을까. 하늘에서 나를 내려다보고 있을까. 내게 남겨진 시계를 들여다본다. 멈춘 시곗바늘이 가리키고 있는 순간이 그가 떠난 시간일까. 고개를 들어 위를 올려보니 나뭇잎 사이로 보이는 하늘은 여전히 눈부시다. 그가 없는데도 자연은 여전히 자신의 궤도를 가고 있다. 다시 발걸음을 옮긴다. 흙길이 끝나는 곳에서 절이 나타난다. 사찰 풍경을 사진에 담던 그의 모습이 보이는 듯하다. 눈앞에 서 있는 절이 뿌옇게 보인다. 눈물이 나왔던 것일까. 나는 주머니에 있는 시계를 만지작거리며 멀리 올라온 길을 다시 내려간다. 천천히 걸으며 눈여겨보았던 나무를 찾는다. 알 수 없을 만큼 오래 잎을 피우고 자리를 지켰을 나무, 저 나무의 뿌리와 줄기를 감싸고 있는 흙은 어쩐지 부드러울지도 모르겠다는 생각이 든다. 시계를 꺼낸다. 그러나 나는 시계를 나무 아래에 묻지 못하고 도로 주머니에 넣는다. 그와 함께 왔던 공주의 갑사에 들어가 보지도 못한 채 나는 그곳을 그냥 나온다. 그가 좋아했던 사천왕상도 보지 못하고 단청을 칠하지 않아 소박했던 대웅전도 볼 수가 없다. 하늘에 닿을 듯 높이 솟은 철당간도 볼 수가 없다. 나는 도망치듯 그곳을 나온다.

떠나고 싶기는 했다. 어디든 여행을 간다면 따라가겠다고 여행사에 약속했던 터였다. 이번 프로그램을 기획한 여행사는 인문 기행을 전문으로 하는 곳이었는데 여행의 패러다임을 바꾸겠다는 사명을 가지고 의욕적으로 일을 했다. 외국의 아름다운 경치나 보고 다니는 여행은 이제 그만해야 한다고 나름 강조했다. 여행을 가면 그 나라의 역사와 문화를 배워 와야 한다는 것이다. 맞는 말이긴 했다.

몇 년 만에 하늘길이 열려 해외여행객이 넘쳐난다고 뉴스에서는 전했다. 3년 만에 열린 길을 나도 가고 싶다는 마음이 들던 참이었다. 그러나 특별히 어디를 가고 싶다는 생각은 들지 않았다. 한동안 TV를 켜기만 하면 여행프로그램들로 넘쳐났다. 외국에 나갈 수 없는 시기였지만 이미 세계 여러 나라, 웬

　　　　　　　　　　　　　　　　오사카의 시계

만한 국내의 여행지는 모두 가 본 것처럼 여겨졌다. 그래서 그런지 막상 떠나려고 하면 딱히 흥이 나지 않았다. 그러나 잘 알고 있던 여행사에서 평범한 단체 여행과는 다른 색다른 프로그램을 마련했다며 권해왔다. 일반 여행 상품에서는 잘 다루지 않는, 인문학적으로 의미 있는 곳들만 추렸다며 편성한 프로그램에는 교토와 나라, 오사카 세 도시가 포함돼 있었다. 그러잖아도 오사카는 다시 한번 꼭 가봐야 한다고 작정을 하던 터였다.

갈지 말지 살짝 망설였지만 그래도 여행을 떠나오길, 아니 마음의 짐을 해결하기 위해 일본을 방문한 것은 나쁘지 않은 선택이었다. 일본 최초로 세계문화유산에 등록되었다는 호류지를 방문했을 땐 고구려 출신의 승려 담징이 그린 벽화를 보는 내내 그의 얼굴이 떠올랐다. 화재로 인해 흔적만 남은 벽화의 얼굴에서 다정다감했던 그의 얼굴을 떠올리는 것만으로도 이번 여행은 소기의 목적을 달성한 것이나 마찬가시였다. 겨우 얼굴만 남은 벽화 옆 불상 앞에서 짧으나마 그를 위해 기도를 올렸다. 나의 기도가 하늘에 닿아 그가 편안한 곳에서 평화롭게 지내기를 바랐다. 내 기도가 그에게 닿기를 기원하며 밖으로 나왔다. 절을 나오기 전, 그곳에서만 판매한다는 향을 사서 가방에 넣는데 가방 안쪽에 면으로 만든 손바닥만 한 크기의 작은 가방이 눈에 뜨였다. 작은 가방을, 아니 그 안에 들어 있을 물건을 물끄러미 바라봤다. 그래, 내가 온 이유는 바로 이거였지…. 그 후 여기저기 방문하는 동안 물건을 처리할 기회를 노렸지만 여의치 않았고 그렇게 첫날이 마무리되었다. 여행사에서는 내일 일정을 안내하고 집합 시간을 신신당부했지만 내겐 별다른 감흥이 없었다. 일반적이진 않더라도 내일의 일정 또한 비슷할 것이었기에 출구를 나오며 습관처럼 작은 면 가방을 만지작거렸다.

그해 오사카성은 사람들로 붐볐다. 평일인데도 내국민과 여행객으로 혼잡했다. 그는 성에 시선에 뺏긴 나를 물끄러미 바라보더니 혼자 보고 오라고 했다. 자신은 나무 아래 벤치에 앉아 기다릴 테니 시간에 구애받지 말고 실컷 구경하라고 했다. 그를 남겨두고 성을 한 층 한 층 올라가며, 그가 같이 들어오지 않은 것을 궁금해하면서, 꼭대기 전망대에서 그를 내려다보았다. 그는 아주 조그맣게 보였고 등을 돌리고 앉은 그의 머리 위로는 햇살이 비치고 있었다. 쉴 새 없이 움직이며 수다를 떨고 있는 사람들 속에서 마치 고정된 돌인 것처럼 움직임이 없었다. 어쩌면 새가 내려앉아도 이상하지 않을 만큼... 나는 새도 찾지 않고 움직이지도 않는 그의 뒷모습을 꽤 오래 바라보았다. 그는 한 번도 돌아보지 않았지만 어쩐지 쓸쓸한 표정을 짓고 있을 것만 같았다.

성 구경을 마치고 나오니 그는 나무 아래 서 있었다.

"왜 안 들어왔어요?"

내가 약간의 불만을 나타내며 물었다.

"으응, 난 이미 어릴 때부터 많이 가 보았어."

그가 웃음을 띠고 대답했다. 그제야 나는 그의 출생지가 일본이라는 것을, 어린 시절을 보낸 곳이 오사카란 것을 기억해 냈다. 그러고 보니 그의 어눌한 말투도 이해할 만했다. 초등학교 고학년이 되어서야 한국에 돌아왔다고, 그래서 늦게 배운 한국말을 또박또박 발음하기 위해 천천히 말해야 했다고.

그가 이끄는 대로 발걸음을 옮겼다. 성에서 멀리 떨어진 구석지고 한적한 곳에 데려가서는 여기서 봐야 성을 제대로 본 거야, 하며 벚꽃이 활짝 핀 나무 아래 나를 세웠다. 화창한 봄날이었다. 봄바람이 살랑살랑 부드럽게 뺨을 스치고, 스치는 바람결에 꽃잎이 흩날렸다. 하늘하늘 떨어지는 꽃잎은 눈송이 같았다. 이곳에 오니 그와 다녔던 곳, 함께 나누었던 대화들이 선명하게 되살아났다. 그건 전혀 예상치 못한 일이었다. 벌써 5년이란 시간이 지났기에 기억은 희미해지기 마련인데 점점 더 명징해져만 갔다. 애써 잊으려 노력한 일이 허사가 되어 버렸다. 어쩌면 떠나기 전부터 예상한 일인지도 모른다. 의식 깊숙한 곳에서는 그런 애씀이 처음부터 쓸모없는 일이란 걸 알고 있었는지도 모르겠다.

첫 강의는 이론부터 시작한다고 그는 말했다. 카메라 기능을 설명하고는 배경 정중앙에 인물을 넣지 말아야 한다, 사진은 빛이 중요하니 얼굴을 찍을 때는 빛이 얼굴에 비치는 각도를 잘 살펴야 한다, 좋은 사진을 찍으려면 기다릴 줄 알아야 한다고 했었다. 시간이 켜켜이 쌓인 작가의 노련함이 묻어나는 말들이었다. 하지만 강좌에서 그를 처음 보았을 땐 그가 전해줄 지식보다는 어쩐지 그의 피로해 보이는 얼굴에 먼저 마음이 갔다. 사진을 찍는다는 게 마냥 즐거운 일이라기보다는 피곤한 일이 될 수도 있다는 것을 간접적으로 느꼈던 탓일까? 나는 취미 정도로만 사진을 대해야겠다는 가벼운 마음으로 강의를 마쳤다. 물론 과제로 내 준 것들을 위해 열심히 움직이기는 했다. 집 근처의 공원을 어슬렁거리며 여기저기를 살펴보는 재미도 나름 있었다. 그러나 잠시뿐이었다. 나는 곧 싫증을 내고 말았다. 숙제로 내어준 '느낌'을 찍는다고 멀리까지 나가는 일이 힘에 부쳤다. 수업시간에 칭찬을 받기도 했지만 노트북을 다루는 것에 있어서도 어려움을 느꼈다. 기계치인 내가 욕심을 부린 것은 아닌지 후회가 들기도 했다. 그렇지만 한 번도 수업에 빠지지 않고 숙제를 열심히 한 덕분인지 그는 전시를 할 때면 잊지 않고 초대장을 보내오고는 했다. 그의 사진을 감상하고 이어진 뒤풀이 자리에까지 따라다니고는 했으나 그것 또한 오래가지 않았다. 그는 뒤풀이 장소와 시간을 말할 때면 습관적으로 바지 주머니에서 시계를 꺼냈다. 강의실에서나 일상에서나 시간을 보는 버릇은 여전했다. 수업이 끝날 즈음이면 강의실 뒤쪽 벽에 걸린 시계를 흘끔 보다가 주머니에서 시계를 꺼내곤 했는데 시계는 시선을 끌기에 충분했다. 바지 주머니 고리에 집게가 걸려있었고 집게 끝에는 줄이 달려있었다. 줄에 걸려 꺼내지는 둥근 시계는 특별하지는 않았지만 그의 행동을 도드라져 보이게 했다. 그런 건 사실 영화에서나 보던 장면이었다. 실제로도 시계는 영화에서 자주 보던 회중시계였다. 줄을 꺼내 드는 그의 얼굴은 항상 즐거운 표정이었다. 그는 그렇게 벽시계를 한 번 보고 나서는 주머니에서 또 시계를 꺼내 뚜껑을 여닫는 것으로 수업을 끝내고는 했다.

　며칠을 기다려 유효기간이 만료된 여권을 새로 발급받았다.

떠나려는 사람들이 많다 보니 시간이 오래 걸린다고 직원은 친절히 설명을 했다. 여행사에서 보내온 문자대로 앱을 깔아 가입하고, 접종증명서를 찾아 간신히 신청을 마친 다음, 좌석을 예약하고 나서야 여행을 간다는 실감이 났다. 아날로그 시대 사람이 디지털 시대를 살아가야 한다는 것은 쉬운 일이 아님을 다시 한번 느꼈다. 죽을 때까지 배워야만 하는 시대를 어떻게 살아야 하는지 한숨이 나왔다. 여권만 가지고 다니던 시절이 그립기도 했다. 삼십여 년 전, 처음 일본에 갔을 때만 해도 공항에서 입국 수속을 하며 북한 사람을 만나 당황하기도 하고 놀라기도 했던 기억이 있다. 당시에는 다들 한 번쯤 그랬을 것이다. 워낙에 어렸을 때부터 반공교육을 받고 살아왔으니……. 슬그머니 웃음이 나왔다. 모처럼만에 나가는 해외여서 그랬는지 이런저런 생각들이 두서없이 떠올랐다. 나는 그런 와중에서도 그가 남긴 둥근 시계를 작은 가방에 넣은 다음 짐 한 귀퉁이에 밀어두었다.

"어? 선생님도 여기에 그림을 내셨어요?"
평소 친하게 지내는 화가가 단체전에 그림을 출품했다고 해서 보러 간 길이었다. 우연히 그의 고교 동창인 화가를 만났다. 전에도 그와 함께 몇 번 만난 적이 있는 화가였다. 동문 전시회에서 보기도 했다. 오래간만에 아는 화가를 전시장에서 보니 무척 반가웠다. 더불어 그즈음 그와의 소식이 뜸한 상태였기도 했다. 어차피 그럴 수밖에 없는 것이었다. 그가 경기도 근교에서 혼자 산다고 해도 나는 혼자가 아니었다.

"사진작가 친구는 잘 계세요?"

나는 담담하게 그의 근황을 물어보았다.

"어, 소식 못 들었어요?"

"제가 좀 바빠서 본 지 꽤 됐어요. 전화나 문자를 드리지도 못했네요."

나는 화가가 그와 나 사이를 어느 정도까지 알고 있는지 가늠해 보며 그의 안부를 물었다.

"서너 달 전에 장례식에 다녀왔는데…, 모르고 있었어요?"

그가 의외라는 듯 되물었다.

"네?"

순간의 정적, 예상치 못한 눈물. 화가가 급히 사태를 수습했다.

"시간 될 때 작업실로 와요. 전해줄 물건도 있으니."

친한 화가와 간단한 인사만을 나눈 후 전시회장을 나왔다. 그가 이 세상에 없다니. 죽음은 항상 이렇게 나의 뒤통수를 쳤다. 어린 동생이 사고로 세상을 떠났고 아버지는 심근경색으로 응급실에서 돌아가셨다. 무슨 드라마 속 설정도 아니고 내가 사랑하는 사람들은 급히 그리고 훌쩍 저세상으로 떠났다. 특히 아버지가 없는 세상은 나에게는 불행을 알리는 시작과도 같았다. 나를 단단히 받치던 배경이 없어졌으므로 인해 전에는 몰랐던 현실적 제약을 종종 경험하곤 했으니까.

내일의 일정을 마지막으로 일본 여행도 끝이 날 예정이다. 오사카성을 보고 도톤보리에서 쇼핑을 한 후 간사이공항으로 간다고 서 선생은 말했다. 우리는 가이드를 서 선생으로 부르기로 했는데 그가 동화 작가라는 사실을 알았기 때문이다. 어떤 직업을 하고 있어도 작가는 인정을 받는다는 사실은 좋은 것이다. 내일 예정대로 움직인다면 시간이 그리 많이 남지 않았다. 저녁 자유 시간에 짬을 내 시내로 나갔다. 마라톤 선수가 팔을 벌려 달리는 모습은 그곳의 상징이었다. 밤 풍경을 보고 싶어 하는 지은이를 따라나섰다. 여행을 하는 동안 그녀와 친하게 지냈다는 이유로 그녀의 제안을 물리치기 힘들었다. 나도 내일까지는 어떻게든 시계를 처리해야만 했다. 이제는 그에게서 놓여나고 싶은 심정이 간절했다. 보이지 않는 무거운 감정을 덜어내고 싶었다. 그날 성에서 돌아오며 그는 몇 시쯤 호텔로 가면 좋겠냐고 물었다. 속으로는 지금이라도 당장 가면 된다고 말하고 싶었지만 차마 부끄러웠다. 밤을 기대하고 있는 나와 달리 그는 깊은 생각에 잠겨 있는 듯했다. 나는 손목시계를 보았다. 이제 겨우 두 시였다. 그는 아끼는 시계를 가져오지 않았다며 종종 시간을 물었다. 언젠가 내가 그 시계가 너무 낡았다고 한 이후부터일 것이다. 그를 다시 만나면서 나는 그 시계를 좋아하지 않게 되었다. 둥근 테는 녹슬어 거무튀튀했으며 줄 또한 너무 길게 늘어져 있는 것이 마음에 들지 않았다. 시계를 꺼내서 확인하기까지의 기다림이 한없이 길게 느껴지기도 했다.

도톤보리의 밤은 화려했다. 지은이는 '꺄아'하며 환호성을 질렀다. 일단 사진부터 찍어야 한다며 마라톤 선수를 배경으로 여러 장의 사진을 찍었다. 그러나 나는 흥미가 없었다. 겉으로는 내색할 수 없었지만 그와 함께 다녔던 추억이 떠올라 마음이 울적했다. 그때 그도 지금의 나처럼 마음이 가라앉았던 가. 돌이켜보면 나 자신이 한없이 철이 없던 시절처럼 느껴졌다. 그의 마음이 이제야 나에게 다가오는 느낌이었다.

서울의 밤에 비하면 그리 화려하게 느껴지진 않았지만 도톤보리의 밤은 그런대로 그만의 화려함을 간직하고 있었다. 금요일 저녁이어서 그랬는지도 모른다. 우리나라의 천변을 연상시키는 강가 주위에는 작은 건물이 죽 들어서 있었다. 지진의 피해를 간소화시키기 위해 높은 건물은 짓지 않는다고 서 선생은 설명했다. 관람차가 들어선 것을 빼고는 전과 다를 것이 없는 거리였다. 강변 위 다리에는 사람들로 빼곡했다. 여기를 낮에는 '명동', 밤에는 '홍대'라고 부른다며 지은이는 주변을 구경하기에 여념이 없었다. 특히 사람 구경을 해야 한다며 특별한 복장을 한 미소년을 휴대폰에 담기 위해 애를 썼다. 찍히는 사람이 몰라야 한다며 숨어서 찍기도 했다. 지은이가 말한 '삐끼'들이었다. 그들은 미소년으로 보였는데 이제 겨우 스무 살 정도로 보였다. 세련된 옷차림은 그들을 눈에 띄게 했다. 검은 바지에 검은 재킷, 재킷에는 금 단추가 주렁주렁 달려 있었다. 우리가 미소년을 보기 위해, 쇼핑을 하기 위해 시내를 간다고 했을 때 서 선생은 그 소년들과 시간을 보내려면 몇백만 원의 돈이 필요할지도 모른다고 했다. 우린 감히 그런 것까지는 생각지도 못했던 터라, 무서워서 그런데 못가요, 돈도 없고요, 하며 말을 얼버무렸다. 나는 화려한 복장의 미소년들을 보면서도 다리 아래 강가로 가야 한다는 생각을 떨쳐버릴 수 없었다. 물이 흐르는 강가에 시계를 버리면 좋을 것이란 생각이 내

내 떠나지 않았다. 어떻게 해서든지 시계를 버려야만 했다. 한 곳에 머무르지 않는 물은 안성맞춤이었다. 아무도 몰라야 한다는 것, 그와의 인연을 이제는 끊어야 한다는 강박이 나를 사로잡았다. 그러나 지은이를 혼자 남겨두고 갈 수 없었다. 그녀보다 나이가 많다는 사실은, 내가 그녀를 보호해야 한다는 것을 의미했다. 같이 움직여야 했다. 그녀를 데리고 근처의 시장으로 향했다. 시간은 아홉 시를 향해 있었고 이전 장소만큼 환하지도 않았지만 시장 안은 관광객들로 붐볐다. 그나마 관광객이 많다는 사실에 안도감을 느꼈다.

"시장 끝까지 가면 지하철 타는 곳이 나와. 우리 지하철 타고 돌아갈까?"

시계를 처리하지 못한 내가 조바심을 내며 말했다. 속으로는 다시 물이 흐르는 강가로 돌아가고 싶은 마음뿐이었다.

"아니요, 이제는 본격적으로 쇼핑을 해야지요."

그녀는 점점 파장 분위기로 변하고 있는 시장을 지나 불이 환하게 켜진 쇼핑센터로 향했다.

쇼핑센터는 사람들로 북적였다. 살 것도 없는 나와 달리 지은이는 두 개의 쇼핑박스에 물건을 가득 담아왔다. 살 것이 너무 많았지만 줄여서 샀다고 신나서 내게 말했다. 계산을 치르기 위해 긴 줄에 서서 기다리며 나는 지은이를 어떻게 강가로 데리고 가나 하는 생각에 골몰했다. 강가로 돌아갈 이유가 떠오르지 않아 그저 주머니에 넣어온 시계만 만지작거릴 뿐이었다. 한숨이 나왔다. 그날이 자연스레 떠올려졌다.

그날 성을 구경하고 시내로 들어온 그와 나는 이른 저녁을 먹고 호텔로 향했다. 도착하면서 맡겼던 짐을 찾고 객실로 들어갔다. 호텔 방은 작았으나 은은한 조명이 분위기를 부드럽게 했고 침대는 깨끗했고 정갈했다. 싱글 침대 두 개 사이의 작은 협탁 위에 전화기와 탁상시계가 놓여 있는 별다른 장식 없는 흔한 방이었지만 오히려 흔해서 마음이 편안했다. 그는 아침 다섯 시에 집을 나서서 몹시 피곤하다며 먼저 욕실을 사용해도 되느냐고 물었다. 나는 고개를 끄덕였다. 그가 샤워를 하는 동안 내가 얼마나 안절부절못했는지 그는 알까. 마음을 굳게 먹었으나 행동으로 옮기기까지에는 얼마만큼의 용기가 필요한 것인지 나는 그날 처음으로 알았다. 남편도 나와 같았을까. 그가 가운을 걸치고 나오자마자 나는 재빨리 욕실로 들어갔다. 그리고 아주 천천히 샤워를 했다. 머리를 감고 몸을 씻으며 용기를 내자고 자신을 다그쳤다. 실은 남편에게 복수를 하고 싶었는지 모른다. 언젠가 기회가 된다면 나도 한 번은 그가 나에게 했던 그대로 하리라. 오랜 다짐이기도 했다. 그것은 그에게서 전화가 왔을 때부터, 여행을 계획하면서부터 시작된 것인지. 그러나….

욕실에서 나오니 그는 자고 있었다. 숨소리가 편안하게 들렸다. 아주 곤히 자는 듯했다. 협탁을 사이에 두고 그와 나는 여행의 첫날을 아무 일도 없이 보냈다. 다행인가? 아직 이틀의 밤이 남아 있었다. 시간은 천천히 흐른다.

아침에 깨어났을 때 그가 보이지 않았다. 열려있는 욕실에도 그는 없었다. 잠시 후 들어온 그의 손엔 샌드위치와 커피, 우유가 들려있었다. 일찍 일어나 근처의 가게에 들러 아침 요기할 것을 사 왔다며 환히 웃는다. 어제의 우려는 말끔히 가셔진 얼굴이었다. 나 또한 한편으로는 다행이라고 여겼다. 어젯밤, 아침에 일어나면 그의 얼굴을 어떻게 볼지 난감해하면서 잠이 들었다. 모든 것은 기우였다. 샌드위치를 한입 물고는 그에게 물었다. 꼭 알고 싶었다.

"뭐 하나 물어봐도 돼요?"

나는 조심스럽게 운을 떼었다.

"가지고 다니던 시계가 궁금해서요."

시계는 아버지에게 물려받은 것이라고 했다. 아버지가 돌아가시자 그 시계를 가지고 싶어 하는 형제가 없어서 자신이 가졌다고, 그리 큰 의미는 없다고 대답했다. 아마도 아버지에게는 중요한 시계였는지 몰라도 형제들은 낡은 시계 갖기를 원치 않아서였다며 자신도 처음에는 가지고 다니지 않았는데 언제부터인가 시계를 볼 때마다 정이 가더라며 자신은 아버지를 그다지 좋아하지는 않았다고 한다. 아버지는 자유로운 사고방식의 그와 달리 독실한 크리스천이었다고 했다. 더불어 지독할 정도로 성실한 사람이어서 일본에서도 열심히 사업을 일으켜 고국에 돌아와서는 제법 자산가 소리를 듣곤 했다는 말도 덧붙여 주었다. 한글 공부가 무척 힘들었다며 초등학교 시절 밤새워 공부한 이야기를 할 때는 소년의 미소를 지어 보이기도 했다.

"한 가지 약속을 받아야겠어."

그가 웃으며 나를 바라보았다. 지나가는 가벼운 말투였다.

"우리 실수는 하지 말자. 친구처럼 지내면 안 될까. 한 번의 일탈로 인생을 망치면 안 되겠지."

　나는 대답을 하지 않았다. 그러고는 딴소리를 했다.

　"커피가 많이 식었네요."

　나는 말없이 종이컵만 만지작거렸다.

　그리고 우리는 오사카역에서 지하철과 버스를 갈아타며 교토에 갔다, 아니, 나라에 먼저 갔었던가. 목적을 잃은 소녀처럼 그가 이끄는 데로 다닌 기억만 새롭다. 한 번의 일탈로 인생을 망치면 안 된다는 그의 말은 사실일까. 내 친구는 아무도 모르게 다른 사람을 만난다고 했는데, 중년의 나이도 서서히 저물어 가는 나이에 가릴 것이 무엇이란 말인가. 소리 없이 떨어지는 저 꽃잎처럼 화려한 하루가 나에게는 있었던가. 나는 그와 다니는 내내 의기소침했다. 그는 카메라에 풍경을 담기에 여념이 없었다. 나라에 있는 절에 가서 그 커다란 비로자나불상에 대고 빌었다. 오늘 밤은 나의 뜻이 이루어지라고. 불상은 크고 웅장했다. 일본 사람들은 키가 작아서 불상을 저리 크게 짓는 것이라는 제멋대로의 상상을 하며 사찰을 구경했다. 대개 일본 불상들은 정말로 컸다. 천수각의 불상도 어마어마하게 컸다. 물리적 크기가 전부는 아니겠지만 어릴 때 우리가 배운 것처럼 일본이라는 나라가 정신적인 면에서 그리 작은 나라는 아니라는 느낌을 받았다. 절로 이어지는 중간에는 에메랄드 빛으로 조성한 예쁜 길이 만들어져 있었는데 실크로드가 경주를 거쳐 일본에 영향을 미쳤다는 걸 기념하기 위해 만든 구간이었다. 그 길을 걸으며 어쩌면 일본은 우리와 같은 민족일지도 모른다는 생각도 들었다. 어차피 우리는 그들에게 도래인이 아니던가. 아마도 실크로드 길을 따라온 한민족과 피가 섞인 것은 분명한 일일 터였다. 나만의 상상의 나래를 펴며 걷는 것도 그런대로 재미가 있었다.

　서 선생이 안내하는 대로 지은이와 나는 어깨를 나란히 하고 걸었다. 임진왜란 시절 왜군들의 전리품이었던 조선인의 코와 귀를 잘라 와 묻은 '귀무덤'에 꽃을 갖다 놓고 묵념을 했고, 쇼토쿠 태자가 일본 불교를 융성하게 했다는 설명을 들으며 천왕의 무덤을 구경하기도 했다. 어제와 달리 여행이 별다른 감흥을 주지 않을 거라는 믿음이 살짝 비껴간 하루였다. 평소 일본을 좋아하지는 않았어도 어떤 문화에 관해서는 어쩌면 우리보다 앞서갔을 수도 있겠다는 걸 어렴풋이 느낀 날이기도 했다. 지은이는 공부만 하다 여행을 오니 무척 즐겁다며 모든 곳이 다 새롭고 또 행복하다고 말했다. 그러며 다음 학기가 시작되기 전에 시간이 있으니 함께 부여와 공주를 다녀오면 어떻겠느냐는 제안을 하기노 했다. 지은이는 백제시대를 알고 싶어 했다. 공주의 갑사는 내게도 항상 가고 싶은 곳이기도 했다. 어머니의 첫사랑의 장소였으며 그와의 추억이 많은 곳이었다. 그와 같이 걸었던 백매화 오리길, 소박한 대웅전, 하늘을 향해 높이 솟았던 철당간도 생각이 났다. 아마도 우리는 그곳에서 처음 손을 잡았을 것이다. 나는 고개를 끄덕여 주는 것으로 그녀의 제안에 대답했고 그녀는 환한 미소를 지어 보였다. 그러면서도 시계에 신경을 안 쓸 수가 없었다. 공주의 갑사에서도 나무 밑에 묻지 못하고 돌아오지 않았던가. 그와 나는 정말 어떤 사이였는지 생각할수록 어렵기만 했다. 오사카에서 돌아온 후 우리는 가끔 만났다. 그는 나를 이끌고 마트에 가서 장을 보는 것을 시작으로 여기저기를 다녔는데 그렇다고 딱히 기억에 남는 장소는 없었다. 다만, 그가 요리를 하고 내가 맛있게 먹은 기억만 뚜렷했다. 그는 사진을 찍는 것 외에 요리가 취미였다. 그가 만들어 주는 일본 요리, 이태리 요리는 나에게는 참신했고 맛있었다. 하지만 같은 일을 매번 되풀이하자 나는 또 싫증이 나기 시작했다. 마트에 가서 돈을 지불하는 것도 점점 부담스러웠다. 만날 때마다 나의 기대와는 달리 그는 항상 같은 패턴이었다. 만나서 장을 보고 점심으로 외식을 하고, 그의 집에 돌아와 요리를 만들어 먹고, 나의 집으로 돌아오는 것, 그게 전부였다. 서울에서 두 시간을 운전해 그를 만나러 가는 것 또한 점점 힘에 부쳤다. 그리 즐겁지도 않았다. 그는 혼자 살면서 무척 검소한 생활을 했다. 내가 보기에 그는 궁핍했다. 나는 점점 그를 멀리했다. 나는 얼마나 이기적인 사람이던가. 그가 나를 무척 배려했다는 것을 이제는 안다. 그와 손만 잡은 사이였지만 어쩌면 이것이 그의 사랑은 아니었을까. 부끄러움이 나를 한없이 초라하게 했다.

"언니, 무슨 생각을 그리 골똘히 하고 있어? 지금 서 선생이 하는 얘기 너무 재밌어. 한 번 들어 봐요."

고류지 절 밖을 나오며 휴대폰을 켜면서 지은이가 말했다.

절에 들어갈 때는 휴대폰을 꺼야 하며 대화도 나누지 말라는 서 선생의 말이 떠올랐다. 나도 꺼져 있던 휴대폰을 켰다. 일본 국보 1호인 목조미륵반가사유상을 보고 나오면서였다. 우리나라의 청동미륵반가사유상과 거의 흡사한 모습을 보고는 놀라웠는데 서 선생이 절 바깥에서 물었다.

"미륵반가사유상을 보고 나왔는데 불상의 팔꿈치가 붙어있었습니까? 떨어져 있었습니까?"

일행 모두 생각에 잠겨 있었다. 아마도 불상을 머릿속에 그리고 있었을 것이다.

"아까 보니 붙어있던데요."

일행 중 누군가가 대답했다.

"아닙니다. 떨어져 있어요. 깻잎 두 장만큼요. 믿거나 말거나입니다."

입담 좋은 서 선생의 말에 우린 그게 사실이든 아니든 한바탕 크게 웃었다. 서 선생은 그렇게 사람들을 웃게 하는 매력을 가지고 있었다. 잠시 흥미를 잃은 나에게도 여행의 즐거움을 선사하기도 했다. 그러나 그것도 잠깐이었다. 그곳에서는 도저히 시계를 처리할 수 없었기에 나는 점점 시계에 매달리는 꼴이 되어갔다. 여행의 목적이 무엇인지 모르는 사람이 되고 싶지는 않았다. 구경을 하면서도 머릿속으로는 오로지 시계만을 골똘히 생각하는 시간이 많아졌다. 이제 정말 시간이 얼마 남지 않았다. 내일이면 서울로 떠나야 한다. 오늘 밤 도토보리에 가면 꼭 처리하리라.

떠나기 전날 시내에 나가서도 시계를 처리하지 못한 나는 호텔 바에서 지은이와 칵테일을 마시면서도 마음속으로 시계를 떠올렸다. 불편한 마음과는 달리 칵테일 진저는 입에 착착 달라붙었다. 지은이는 술맛을 음미하며 오늘이 마지막 밤이라고, 이번 여행이 오래오래 기억에 남아 있을 거라고, 나와의 우정을 계속하길 바란다고 말했다. 발그레한 얼굴이 보기 좋았다. 그래. 내일이 남아있어. 시간이 넉넉하진 않지만 오늘은 지은이와 마음껏 속 이야기를 해야지. 그러나 그렇다고 아무런 이야기나 꺼낼 수 없었다. 지은이가 나를 어찌 생각할지 몰라 불안했다. 나보다 나이가 어리다는 것, 그건 왠지 내 고민이 쉽게 이해받지 못할 것이라 생각하게 만들었다. 칵테일의 숙취로 인해, 이런저런 고민으로 인해 편안한 잠을 자지 못한 채 다음 날을 맞이했다.

인천으로 떠나는 비행기를 기다리며 빈 의자에 앉는다. 공항 안이 사람들로 북적인다. 여행을 같이했던 일행과 멀리 떨어져 앉아 창으로 눈을 돌린다. 보이는 것은 빈 하늘뿐이다. 떠나기를 기다리는 비행기도 보이지 않는다. 이제야 편안함을 느낀다. 며칠 전 서울에서 떠나올 때부터 함께 가는 일행들과 섞이지 않으려고 애썼다. 마음속으로는 이번에는 어떻게 해서든지 그를 떠나보내야 한다고 생각했다. 그러나 돌이켜보면 내가 떠나보낸 것은 그가 아니라, 그에게 매달려 있는 나 자신이었는지 모른다. 그래, 결국 나 자신이 살 궁리를 한 것이나 다름이 없군, 나는 마음에서 우러나오는 소리를 듣고 나서야 자신이 소극적인 인간이란 것을 인정한다.

여기 계셨군요. 어느 틈에 왔는지 여행을 함께 하면서 친해진 지은이가 말을 건넨다. 나보다 십여 년 아래인 그녀의 모습은 환하다. 그리 젊은 나이가 아닌데도 나에게 그녀는 눈부시다. 공부를 직업으로 하는 사람은 저리 환한 것일까 하고 여행

오사카의 시계

내내 부러워하고는 했다. 서울을 떠날 때 그녀는 내 옆자리에 앉았었다. 이번 여행은 공부여행이지 않아요? 비행기가 이륙하고 기내의 안전 사항을 전달하는 승무원이 제 자리로 가고 난 후 그녀가 처음으로 말문을 열며 한 말이었다. 여행의 달뜸을 전하는 그녀의 하이 톤 목소리와는 다르게 나는 침울했었다. 어떻게 해서든지 이번 여행으로 그와의 인연을 끊어야 한다는 강박증까지 갖고 떠나온 여행이었다. 그렇죠? 사실 그동안 오사카를 몇 번 다녀왔지만 이런 여행은 처음이에요. 단체여행도 무척 오랜만이구요. 사실 단체로 움직여야 한다는 게 부담이 되기도 해요. 내가 코를 심하게 골거든요. 그래서 숙박은 1인실로 해 달라고 여행사에 부탁을 했어요. 얼굴을 돌려 그녀를 보며 내가 대답했다. 그래요? 저는 이번 여행에서 일본의 고대사와 메이지유신 전까지의 역사와 문화를 보고 온다고 해서 기뻤어요. 남들 가지 않는 곳을 간다는 것에 매력을 느꼈지요. 그 점에 있어서는 나도 같은 생각이었다. 유명한 성을 방문하는 일정이 스케줄 마지막 날에 잡혀 있는 것을 확인한 후 참가할 것을 결정할 정도였으니까.

마지막 날 아침 일찍 도착한 성에서 서 선생은 자유롭게 성을 구경하고 약속된 시간에 버스 주차장에 모이라고 말했다. 일행들은 뿔뿔이 헤어졌고 지은이가 앞서 걸었다. 나는 뒤처져 천천히 걷다가 그녀가 성의 입구로 들어가는 것을 확인하고는 슬그머니 성 뒤쪽으로 걸어갔다. 뒤쪽에는 사람들이 거의 없었다. 성의 해자에 다가가서는 주머니에서 시계를 꺼내 햇살에 비췄다. 잠깐, 반짝한 시계는 아래로 떨어졌고 해자의 컴컴한 물은 시계를 덥석 집어먹었다. 그렇게 그의 시계는 금방 사라졌다. 그리고 시계가 떨어지며 만든 파장이 퍼져나갔다. 나는 한참 동안 그 파장을 바라보았다. 오래오래 바라보고 싶었다.

여행을 떠나고는 싶었다. 하늘길이 활짝 열렸으니까. 그리고 그의 고향에 시계를 묻고 오는 것이 당연하다고 생각했으니까. 그의 화가 친구에게서 받은 시계는 서랍 깊숙이 잠을 자고 있었다. 시계에 밥을 주지 않아서 멈추어선 시계는 가끔 꺼내볼 적마다 밥을 달라고 외치는 것만 같았다. 그러나 밥을 줄 수는 없었다. 그가 없는 세계에서 시계에 밥을 준다고 해도 가지고 다닐 사람도 없지 않는가. 시계 임자가 없으니 시계는 없어져야 했다. 그래야 그가 이 세계에 미련을 갖지 않고 편히 갈 수 있다고 믿는 바보 같은 내가 있으니까. 영원히 나에게서 떠나가길 바랐다. 어쩌면 나도 그를 사랑했던 것은 아닐는지. 그가 자기 방식대로 나를 사랑했듯이 나도 그가 떠난 다음에야 깨달은 것은 아닐는지. 친구처럼 지내자는 그의 배려가 곧 사랑이 아니었을까. 모든 사랑은 떠난 후에야 알게 되는 걸까.

"이번 여행에서 기억에 남는 곳이 어디였어요?"

여행사 대표가 다가와 물었다. 아마도 그에게는 참으로 중요한 질문이겠다는 생각이 든다.

"글쎄, 어디였을까요."

나는 지난 시간을 떠올린다. 여러 곳을 다녔어도 어디를 콕 집어 말하기는 어렵다. 그래도 대답해야 한다면 오사카성이라고, 그렇게 말하기에는 불편하다. 아무래도 처음 들렀던 치카

오사카의 시계

츠아스카 고분박물관이 아니었을까? 오사카 출신의 세계적인 건축가 안도 다다오가 설계한 건물이 아직도 인상에 남아있으니⋯⋯. 처음에 나타나는 직사각형 건물은 비석이 연상되었고 검은 계단을 지나 입구의 좁은 벽을 따라 걸어가는 건 무덤으로 들어가는 것 같았다. 그리고 곧 나타나는 커다란 모형은 압도적이었다.

"피라미드 크기의 무덤을 고대에 만들었다니 일본을 다시 보게 되는 계기가 된 것 같아요. 실은 나도 일본을 감정적으로는 좋아하지 않지만 뛰어난 문화가 있었다는 건 인정하지 않을 수 없군요. 일본을 객관적으로 보게 되었습니다. 이번 여행 프로그램은 참 좋았어요. 감사드리고요. 다시 만날 기회를 주면 기꺼이 참여할게요."

나는 그의 질문에 성실히 답한다.

다시 인천으로 가는 비행기. 비행기가 하늘로 떠오른다. 나도 떠오른다. 그와 함께 떠오르던 추억도 이제는 보낸다. 시계가 없다고 그가 영영 나에게서 떠나간 것은 아닐지라도 그를 마음에서 지운다. 일본에 다시 오게 된다면 그때는 마음 편한 여행을 하게 될까. 내 인생에 잠깐 머물다 간 사람이 있다는 것, 그것은 긴 인생길에 축복일까. 비행기 창문 덮개를 연다. 창 바깥은 구름뿐이다. 구름 속에서 그의 낡은 시계가 보인다.

게(蟹)

게(蟹)

　　해가 뜨기 직전 강은 옅은 푸른빛으로 감돈다. 강을 건너 수산 시장에 오면 반짝이는 불빛들에 어둠이 물러간다. 시장 안으로 들어서면 제일 먼저 만나는 건 조개를 까는 할머니들이다. 열심히 손을 놀려 바지락을 까는 할머니 옆 함지박엔 조갯살이 수북이 쌓여 있다. 조개 파는 노점이 즐비한 줄을 지나면 바다에서 온 온갖 생선을 좌판에 가지런히 정리하는 사람들을 만난다. 개시를 하라며 나를 붙든다. 손사래를 친다. 줄 끝 모퉁이를 돌아 자반고등어와 오징어를 파는 가게를 지나 뒷줄로 들어선다. 좁은 길 사이로 좌판이 양쪽으로 길게 이어지고 있다. 긴 길을 따라 나도 어디론가 가고 싶어진다. 세상에서 늘 이렇게 떠나고 싶었다. 할머니는 오늘도 나를 반긴다.

　　왔수?

요즘은 수게가 맛있어. 살이 통통 올랐어. 게탕이나 게무침을 하면 맛날 거야. 라고 덧붙인다. 할머니에게 돈을 치르고 묻는다. 할머니도 저기로 들어가나요? 나는 현대식으로 지어진 건너편 건물을 가리킨다. 더 이상 할 얘기는 없지만 얘기가 하고 싶어진다. 여기도 신식과 구식의 싸움이 한창이다. 언젠간 들어가겠지. 나도 한자리 잡았어. 재래시장이 없어지는 게 섭섭하긴 나도 할머니도 마찬가지다. 새로운 환경에 맞닥뜨리는 게 할머니께도 힘들겠지만 나에게는 더 어려운 일일지도 모른다. 그러나 할머니가 새 건물로 가게 터를 옮기듯 나도 집을 나와 새 생활을 맞게 될 것이다. 아무리 힘들어도 그렇게 하자고 마음속으로 다짐한다. 할머니에게 게를 받아 들고 주차장으로 향한다. 다시 강을 건넌다. 어둠은 모두 물러갔다. 강의 푸르고 옅은 빛깔은 회색으로 바뀌었다. 어쩌면 오늘의 게 요리는 아들을 위한 마지막 만찬일지도 모르겠다.

　　"아빠는 왜 아직 오지 않는 거죠? 벌써 날이 밝아오는데."

　　좀처럼 아빠에 대한 질문을 하지 않던 아들이었다.

　　나는 어떻게 대답해야 할지 잠시 머뭇거렸다.

　　"친구들과 술 마시고 들어온다고 했는데……, 오늘은 금요일이니까 실컷 놀다 오나 보다."

　　겨우 이런 대답밖에는 할 수 없는 자신이 한심스러웠다.

　　남편은 금요일 밤엔 집에 들어오지 않았다. 벌써 일 년이 다 되어간다. 여름, 가을, 겨울, 봄 그리고 다시 여름이 다가오고 있다. 햇빛이 내리쫴도 가슴속에는 찬바람만이 스며들었다. 결혼기념일도, 내 생일도, 아들의 생일도 아무 일 없는 듯 그냥 지나갔다. 나는 속수무책이었다. 긴긴밤 노트에 무언가를 끼적거리는 것 말고는 할 수 있는 일이 없었다. 분노를 삭이려면 무언가에 집중해야 했다. 그리고 많은 게를 그렸다. 게 그림으로 유명한 이중섭 화가의 도록을 옆에 두고 따라 그렸다. 일본에 보낸 아내와 아이들을 그리워하며 그렸다는 게를 화가보다 더 많이 그렸을 것이다. 작은 게 다리가 길게 늘어나 아내와 아이에게 이어진 그림을 보면서 예전 신혼 시절처럼 남편이 다정다감하게 나를 대해 줄지도 모른다는 희망을 품기도 했다. 한편으로는 아들이 대학에 들어갈 때까지만 참자고 수없이 다짐하기도 했다. 가슴에 나만의 칼을 지니고 있어야 했다. 마음이 강해지려면 마음을 다잡아야만 한다.

아들이 재수해야겠다며 집으로 들어온 건 뜻밖이었다. 재수는 절대 시킬 수 없다는 남편의 말에 주눅이 들었던 아들은 할 수 없이 지방대에 가야 했다. 바다를 마음껏 볼 수 있으니 얼마나 좋으냐고 아들을 안심시켰다. 원룸을 얻었고 사는 데 필요한 몇 가지 물건을 마련해 주었다. 집으로 돌아오는 기차간에서 바라보는 창밖은 흐렸다. 철로 가에 있는 나무들이 휙휙 지나갔다. 아는 사람이 한 사람도 없는 도시에 덜렁 아들만 떨어뜨리고 오는 엄마의 마음을 아들은 아는지. 가고 싶지 않다던 신입생 환영회를 다녀오고 난 바로 다음 날 아들은 서울로 돌아왔다. 다시 수험 공부를 해야겠다며. 이제 아들은 알아챘을 수 있을 것이다. 부모가 예전 같지 않다는 것을. 입시 공부를 하는 아들을 위해 떠나는 것을 늦추는 나를 보며 알아챘을지도 모른다.

여러 가지 정산을 하느라 피곤하여 집에 들어오자마자 옷도 벗지 못한 채 깊은 잠 속으로 빠져들었다. 밤늦게 오피스텔로 들어오면서 편지함에 손을 넣었던 기억이 없다. 식탁 위에 우편물과 함께 작은 메모지가 붙어 있다. 아들의 글이 눈에 들어왔다. 엄마, 기다리다 가요. 건강 잘 챙기세요. 메모하는 습관은 여전했다. 짧은 글에 담긴 아들의 마음이 보인다. 가끔 연락도 없이 불쑥 들르곤 하던 아들이었다. 아들을 보면 고마움과 애틋함이 교차하곤 했다. 집을 나올 때도 말없이 내 짐을 옮겨 주던 아들이었다. 가끔 내가 옮겨 온 곳에 들를 땐 집에 도착한 우편물을 꼭 챙겨 올 만큼 살갑기도 했다. 어제도 우편물을 챙겨 오면서 겸사겸사 내 얼굴도 보고 가려고 했었나 보다. 이러저러한 우편물 중에 청첩장이 눈에 띄었다.

주소와 이름을 적은 손 글씨는 그녀처럼 단정했다. 내 이름 뒤에 작은 글씨로 적힌 언니란 호칭에 눈이 머물렀다. 여사님이 아닌 언니라고 부르고 싶었어요. 잠시 다녔던 회사를 나오던 날, 잘 지내야 한다는 내 말에 얼굴을 살짝 붉히며 속삭이듯 했던 말, 언니. 나는 그녀의 손등을 쓰다듬었던가. 봉투를 여니 사진이 보인다. 한 청년의 손에 풍선이 들려 있고 그의 어깨에 기댄 그녀. 사진에서 그녀는 아름다웠고 행복한 표정이었다. 통통하던 볼살은 찾아볼 수 없고 각이 진 턱선에선 강한 의지가 보였다. 입가에 맴도는 은은한 미소는 얼굴 전체에 만족함이 느껴지게 했다. 드디어, 결혼하는구나. 결혼이 꿈이라던 그녀였다. 그렇게나 결혼을 하고 싶어 하더니 결국 이루고야 마는구나. 남편을 미워하지 않으면서도 집을 나온 나를 이해할 수 없다고 그녀는 솔직하게 말했지만, 나는 그녀가 결혼하게 된다면 힘들게 뻔하다고 잘 생각해 보라고 말할 수가 없었다. 시작하는 사람에게 어찌 그런 말을 할 수 있겠는가. 또한 그녀의 도움이 없었다면 나는 일을 할 수 없는 처지였다. 내 얼굴을 보며 그녀는 알 수 없는 복잡한 표정을 짓곤 했다. 그녀는 무언가 알고 싶어 했지만 나 자신에 대해 깊이 알려주지 않았다. 그녀의 관심에 불을 붙여주어 나의 어려움을 알게 하고 싶지 않음은 당연했다. 긴말은 부질없다고 생각했다. 단지 나와 같은 결혼생활은 하지 말았으면 하는 마음뿐이었다. 나는 예전의 그녀를 떠올렸다. 그녀는 명랑했고 열정이 넘쳤다. 노트북을 열고 그녀가 보낸 메일을 읽는다.

휴가를 간다고 회사에는 알렸다. 그의 출장일에 맞추었다. 다행히 업무에는 별 지장이 없었다. 기계전(展) 전시는 막 끝난 참이었고 내 업무는 자리를 비워도 다른 직원이 대체할 수 있는 일들이었다. 회사에 눈치 볼 일은 없었다. 휴가철이 오려면 멀었지만 회사는 특별히 휴가 기간을 정해 놓진 않았다. 영업부만이 휴가철에 맞춰 휴가를 떠나는 것만 빼면 타 부서 사람들은 대개 마음먹은 날에 휴가를 갈 수 있었다.

"벌써 휴가를 가?"

언니가 의아하다는 투로 물었다.

"올해는 남들보다 먼저 가면 좋을 것 같아서요."

나는 아무 일도 아니라는 것을 확인시킬 필요가 있었다.

"어디로 가는데?"

"아직 정하지 않았어요. 몸도 좋지 않아 좀 쉬려고요."

나는 시치미를 뗐다. 그렇지만 머릿속에는 말로리가 떠올랐다. 친언니처럼 따르던 그녀에게 이번만큼은 솔직해질 수 없었다. 그와의 만남을 조심스럽게 바라보던 그녀였다.

고민 끝에 그와 함께 도착한 말로리였다. 바다가 바라다보이는 전망 좋은 식당을 소개해 달라고 했는데도 게스트하우스 주인은 계속 말로리 타령만 하고 있었다. 말로리 광장에서 바라보는 석양이 아름답다고, 여기까지 왔으면 꼭 봐야 한다고 주인은 테이프를 되돌리듯 말했다. 앵무새처럼 계속되는 주인의 설명이 지겨워 나는 옆에서 주인의 말에 귀 기울이는 그의 옷자락을 잡아당겼다. 얼른 밖으로 나가고 싶었다. 햇볕이 내리쬐긴 했지만 걸어 다니기에 그리 더운 날씨는 아니었다. 봄에서 여름으로 넘어가는 계절, 초여름의 싱그러움을 마시고 싶었다. 다만 햇볕만 피하면 괜찮을 것이었다. 햇빛은 모든 것을 녹여버릴 만큼 강렬했다. 밖으로 나가고 싶은 내 마음을 아는지 그가 식당으로 화제를 돌렸다. 바다가 보이는 근사한 식당을 찾는다고 그가 말했으나 주인은 아예 지도까지 펼쳐 놓고 광장을 손가락으로 짚어 보이기까지 했다. 지도를 보나 마나 우리가 지나왔던 해변 근처에서 해가 바다에 떨어질 것은 뻔했다. 어느 바다에서 보나 석양은 다 같은 석양이지, 내가 심드렁하게 말했다. 근사한 식당이 있는지 다시 물어봐.

어제, 마이애미에서 그가 새로운 상품 소개와 마케팅 방법을 교육받는 동안 나는 호텔에서 빈둥거리며 하루를 보냈다. 늦은 아침을 먹고 수영을 했고 그리고 쇼핑을 했다. 마켓에서

게[蟹]

꽃과 와인, 치즈와 과일을 샀다. 우리의 밤을 위한다는 명분이 었지만 나는 정말 우리의 밤을 오래도록 기억하고 싶었다. 가벼운 취기였을까, 치기였을까. 달도 없는 깜깜한 밤을 핑계로 옷을 다 벗고, 사람 없는 빈 바다에 들어가기도 했다. 모래사장에서 그는 게처럼 내 곁으로 기어 왔다. 그러곤 나의 옆구리를 뜯어 먹었다. 나도 역시 그를 먹었다. 그는 자꾸자꾸 나의 옆구리를 뜯어 먹었다. 우리는 사랑을 한 것일까. 이제 우리는 한마음, 한 몸이 된 것일까. 쿨쿨 자고 있는 그의 곁에서 나는 쉽게 잠을 이루지 못했다.

새벽녘 설핏 잠에서 깨어났을 때 잠꼬대처럼 키웨스트에 가면 게를 먹자고, 봄이 가는데 게는 먹어야 한다고 그에게 웅얼웅얼 말했다. 어릴 적, 엄마는 매년 봄이 가기 전에 게를 먹자며 찜통에 한가득 게를 쪄서 자식들에게 먹이곤 했다. 봄이야말로 게에 살이 가장 많이 올라 있어 정말 맛있다고, 서해의 봄게가 최고라며 소래포구에 가서 게를 한 궤짝씩 사 오곤 했다. 값이 비싸지기 전까지 해마다 행사를 치르듯 먹곤 했던 게였다. 나에게 게는 행복을 부르는 전령사였다. 지금 생각해 보면 그 시절이 가장 행복했던 순간이었다. 찜통에서 막 꺼낸 게살은 얼마나 부드러우면서 쫄깃쫄깃했는지 잠결에도 저절로 입안에 침이 고였다. 그러면서 어젯밤 우리의 행위가 게처럼 서로를 물어뜯어 먹은 것은 아니었을까 하고 생각했다.

그곳 도로는 세계에서 가장 아름다운 고속도로라고 알려졌다. 미국 최남단의 1번 도로로 바다 위에 떠 있다시피 한 인상을 주는 신비로운 느낌의 길이었다.

마이애미를 떠나 장장 네 시간을 달리는 내내 바다를 보고 또 보아도 질리지 않았다. 십여 개의 섬과 섬을 이어 만든 도로는 바다 위를 달리는 길이었다. 어떤 구간은 경사가 가팔라 사다리처럼 높게 올라간 곳도 있었다. 높은 언덕 위에선 하늘 꼭대기에 닿을 듯했다. 내 눈에 하늘만이 가득했다. 어린 시절, 미술 시간에 그렸던 하늘색과 같은 색이었다. 크레파스로 그렸던 하늘이었다. 넓고 높은 하늘로 차를 타고 날아가는 상상을 그에게 말하자, 광고에 많이 나오던 장면이라며 우리도 하늘로 날아보자고 속도를 올렸다. 바다와 하늘만 있는 곳, 이제 세상은 그와 나, 둘만의 세상을 엮어 가야 한다고 마음속으로 다짐했다. 속도를 줄여 내리막길을 내려오자 곧게 뻗은 직선도로가 나왔다. 세상 길이 직선일지라도, 나의 길이 구불구불한 길일지라도, 나는 묵묵히 걸어 나갈 자신이 있다고 높은 하늘에 큰 소리로 외치고 싶었다. 이 풍경을 결코 잊지 말아야한다고 마음속에 다짐하는데 그가 내 마음속을 들여다본 것처럼 괜찮아, 괜찮아, 다 괜찮아질 거야! 라고 크게 소리를 질렀다. 소리는 하늘로 바다로 멀리 퍼져 나갔다. 나는 고개를 돌려 그를 보았다. 앞을 보고 운전하는 그의 옆 눈가에 눈물 한 방울이 달려 있었다. 나도 그를 따라 했다. 괜찮아, 괜찮아……. 그가 나의 어깨를 감싸 안았다. 나는 그의 어깨에 머리를 기대었다. 활짝 열어놓은 차창으로 거센 바람이 들어와 나의 긴 머리칼이 휘날렸다. 괜찮아….

　게스트하우스를 나와 등대 박물관으로 향했다. 등대박물관은 게스트하우스 한쪽 벽과 맞닿아 있을 만큼 가까웠다. 담벼

락을 따라 길게 뻗은 길을 걸으니 언젠가 서울의 긴 궁궐 담을
혼자 걸었던 기억이 났다. 이제는 홀로 걷는 일 따위는 없을 것
이었다. 미국의 땅끝까지 왔는데 서울은 잊자고 다짐했다. 걷
는 내내 나무 그늘이 있어 땀은 나지 않았다. 등대 근처에 살았
던 유명한 소설가가 밤늦게 취해 돌아올 때마다 등대가 나침
반 역할을 해주었다는 영어 안내판을 그가 우리말로 옮겨 주
었다. 나도 그의 등대가 되고 싶었다.

　낚시광으로도 유명했던 소설가의 집에는 사람들이 길게 줄
을 서서 기다리고 있었다. 아마 벽면엔 게 그림 따윈 없을 것
이었다. 줄은 꽤 길었다. 기다릴까 말까 망설이고 있는데 고양
이 한 마리가 집 안에서 나와 사람들을 쳐다보다 안으로 들어
갔다. 그가 기르던 여섯 개의 발가락을 가진 고양이가 아직도
대를 이어 살고 있다고 했다. 살아있을 때 그는 고양이에게 먹
이를 주기 위해 열심히 낚시를 한 것일지도 몰라, 라는 내 말에
그럴지도 모르지, 하며 그가 후후하고 웃었다. 그가 후후하며
웃는 모습은, 바지에 손을 찔러 넣고 하늘을 향해 머리를 약간
틀어서 웃는 모습은, 내가 가장 좋아하는 표정이었다. 순수한
웃음이랄까, 어쩌다 한 번 웃는 그의 표정을, 사진 찍듯 내 마
음에 새겨놓았다. 마음속엔 이미 새겨져 있는 사진이 몇 장 더
있었다. 그가 웃기만 한다면 노래 가사처럼 하늘의 별이라도
따주고 싶었다.

　소설가의 집이었던 기념관을 돌아서 발길을 옮겼다. 입구에
서 조금 떨어진 곳에서 화가가 그림을 그리고 있었다. 소설가
가 배에서 잡은 청새치를 자랑스럽게 들고 있는 그림이 나의

눈길을 끌었으나 그는 화가에게 게 그림은 없느냐고 물었다. 화가는 무슨 말이냐는 듯 어이가 없다는 표정으로 고개를 흔들었다. 아마도 소설가는 애초부터 게 따위는 생각하지 않았을 것이다. 그가 잡아 온 물고기를 보면 분명했다. 게는 이중섭이 많이 그렸지. 헤어진 가족을 생각하면서 말이야. 그러나 끝내 죽을 때까지 만나지 못했어. 내가 작은 소리로 말했다. 그는 내 말에 아무 대꾸도 하지 않았다. 잠시 말이 없더니 소설가의 집과 나무를 그린 풍경화 한 점을 사서 내게 선물했다. 어제 파티를 마련해 줘서 고마웠어. 고마움의 표시야. 나는 항상 네 옆에 있을 거야. 너의 게처럼. 나는 그림을 소중히 받았다. 그가 나에게 주는 사랑의 징표로 여기고 싶었다.

거리엔 관광지답게 기념품 가게뿐만 아니라 아기자기하고 예쁜 소품 가게들이 많았다. 옷과 모자를 파는 가게, 자그마한 카페들, 자전거를 빌려주는 곳, 트롤리 관광버스를 타고 내리는 곳 등 오로지 관광객을 위한 공간으로 꾸민 거리 같았다. 관광객이 많았다. 미국 관광객뿐 아니라 중국 관광객도 눈에 띄었다. 중국말로 안내 말을 써놓은 가게가 많았다. 화장실 안내도 중국말로 쓰여 있었다. 한글은 보이지 않았다. 한국인을 찾기도 어려웠다. 아쉬운 마음으로 여기저기를 어슬렁거리며 구경했다. 이곳저곳을 기웃거려 보았지만 맘에 드는 물건은 찾을 수 없었다. 얼마큼 걸으니 조금씩 땀이 나기 시작했다. 식당을 몇 군데 지나쳐 왔지만 게를 파는 곳은 찾을 수 없었다. 우리가 다녔던 곳 주변에도 소설가가 단골로 다녔다는 조스 바(bar)라는 이름의 술집이 있었다. 이른 시간인데도 사람들이

게[蟹]

많았다. 소설가가 이 섬에서 두 번째 부인과 칠 년을 살았다는 것이 기억났다. 이제는 배도 슬슬 고파오기 시작했다. 식당 앞에 펼쳐놓은 메뉴판을 넘기며 열심히 게 요리를 찾는 그에게 아무거나 먹자는 얘기는 차마 할 수 없었다. 게를 찾는 그의 마음을 알고 있었기에. 식당은 메인 거리가 끝나는 해변 근처에 많이 있다고 했다. 우리는 그곳으로 발걸음을 재촉했다. 그러나저러나 여기 대서양에서 서해의 꽃게를 찾을 수는 있으려나. 공연히 게 얘기를 했나 싶어 미안함이 고개를 들었다. 랍스터나 대게가 아닌 꽃게는 어디에 있을까.

해변에는 사람들이 제법 많았다. 시원한 수평선을 마주 보고 있어서인지 이름난 호텔들은 유난히 우뚝 솟아 보였다. 바다에는 크고 작은 배와 요트들이 이리저리 어딘가로 달려가고 있었다. 배를 타고 석양을 보러 간다는 안내문과 함께 뱃삯이 적혀 있었다. 저 많은 배들이 석양을 보러 간다고? 게스트하우스 주인이 누누이 말한 석양을 보아야 한다는 말이 떠올랐다. 석양 구경이 저거였단 말인가, 하고 의문을 가지며 물고기가 그려진 식당으로 들어갔다. 식당 안은 사람들로 와글와글, 바글바글했다. 사람들 얘기 소리가 공중에서 춤을 추었다. 쿵쾅쿵쾅 걷는 종업원의 발걸음 소리는 킹콩의 발소리처럼 크게 천장을 울렸다. 아 유 차이니즈? 먹먹한 귀를 막으며 그도 크게 대답했다. 노, 코리안. 자리가 없습니다. 식사하려면 여권을 맡겨놓고 기다리십시오, 라는 말에 기분이 상한 우리는 밖으로 나왔다. 나오니 바다에 떠 있는 크고 작은 배와 요트 갑판 위로 석양을 보기 위해 모여든 사람들이 보였다.

우리는 광장 방향으로 발걸음을 돌렸다. 말로리 광장에는 많은 사람이 모여 있었다. 그들 역시 석양을 보기 위해서였다. 해는 앞에 있는 섬 산 너머로 막 넘어가고 있었다. 우리도 바다를 향해 자리를 잡아 앉았다. 사람들은 별말이 없었다. 말을 한다고 해도 소곤소곤 속삭이는 정도였다. 핸드폰으로 사진을 찍는 사람들도 그리 많지는 않았다. 조용히 지는 해를 바라보는 것만으로도 오늘 할 일을 다 했다는 듯한 표정이었다. 등 뒤에서 들려오는 쿠바 사람의 노래가 낯설지 않았다. 티브이에서 보았던 '지붕 위의 바이올린'이란 영화의 주제곡이었다. 내가 좋아하는 음악이었다. 선 라이즈 선 셋. 나는 허밍으로 조용히 노래를 따라 불렀다.

해가 뜨고 해가 지네
쏜살같이 흘러가는 나날들
한 계절이 지나면 다른 계절이 오지

유랑민의 노래였다. 석양에 어울리는 음악이었다. 드디어 해가 바다에 떨어졌다. 바다에 해가 떨어지자마자 사람들이 오랜 침묵에서 깨어나 자리에서 일어났다. 그제야 여기저기서 핸드폰으로 사진을 찍어 대는 소리가 들렸다. 바다에 남아 있는 해거름이 아쉬운지 몇몇 사람들은 여전히 방파제에 앉아 있었다. 쓸쓸하고 막막한 기분이 나를 사로잡았다. 갑자기 고아가 된 듯한 느낌이었다. 엄마를 잃어버린 아이처럼 울고픈 감정이 올라왔다. 나는 앉은 채로 그에게 팔짱을 꼈다. 그가 옆

게[蟹]

에 있는데도 가슴이 저리는 이유는 무엇일까. 어떤 조짐을 느껴서일까. 불현듯 내일 일찍 서울로 돌아가야 한다는 생각이 나를 우울하게 한 것일까. 아니면 과거의 조각들을 바닷속으로 다 버리지 못해서일까. 쿠바 사람이 연주하는 기타와 타악기의 애잔한 리듬이 하늘로 날아올랐다. 그는 말없이 바다를 바라보고만 있었다. 석양 보는 것을 끝낸 사람들이 방파제에서 모두 떠나갔다. 이제 방파제엔 우리 둘뿐이었다. 바다에 서서히 어둠이 내렸다. 음악 소리도 들리지 않았다. 그는 어두워지는 바다를 바라보며 움직이지 않았다. 어쩌면 그는 제주도 이중섭의 좁은 방에서 게가 바글거리는 바다를 바라보고 있을지도 모른다고 나는 상상했다. 키웨스트의 넓은 바다에 바글거리는 게와 제주도 이중섭의 집에서 바글거리는 게는 같은 게일지도 모른다고.

허기가 몰려왔으나 그의 침묵을 깰 수 없었다. 다행히 등 뒤에서 음악 소리가 들려왔다. 쿠바 사람이 노래를 부르기 시작했다. 조금 전 노래와 같은 곡이었지만 다시 부르는 노래는 어쩐지 다른 느낌으로 다가왔다. 쓸쓸하면서도 따뜻했다. 나는 팔짱 낀 그의 팔에 힘을 주었다. 그제야 정신이 돌아온 듯 그가 나를 보고 웃었다. 게스트하우스 주인 말대로 말로리 광장에서 바다로 떨어지는 해를 보는 것은 굉장했어. 배고파, 어서 게를 먹으러 가야지 하며 그가 일어났다. 그래 게를 먹어야지. 나도 따라 일어서며 어젯밤의 우리를 생각했다. 게살을 먹는 것이 키웨스트에서의 로맨틱이었다.

언니, 거기선 왜 그렇게 게가 먹고 싶었는지 몰라요. 마치

게를 먹는 게 그의 사랑을 확인하는 어떤 일이었던 것처럼요. 나는 그가 무슨 생각을 하는지 알 겨를도 없이 게 타령만을 했었지요. 언니가 왜 집을 나왔는지는 아직도 잘 모르지만 어렴풋하게나마 결혼생활에서 언니가 느꼈을 어떤 비애를 느끼긴 했죠. 그러나 아직도 나는 잘 모르겠어요. 언니를 힘들게 했던 게 구체적으로 어떤 것이었는지. 그냥 짐작만 했을 뿐이었죠. 언니의 나이가 되면 알 수 있을까요. 생활의 어려움 속에서도 가끔 샘솟듯 환했던 언니를 보면 그저 좋았어요. 아주 가끔이었지만요.

　내가 키웨스트를 간 건 티브이에서 다큐멘터리를 보고 나서였어요. 끝까지 본 것도 아니고 그저 스쳐 지나가듯 보았어요. 많은 채널을 무심히 지나치듯 보는데 갑자기 바다가 나타났어요. 그러곤 내레이터의 설명이 이어졌어요. 귀를 쫑긋 세웠지요. 그곳에선 게를 잡으면 다리만 떼어내고 다시 바다에 보낸다고 했어요. 잘린 다리는 다시 새롭게 난다고 하면서요. 그래서인지 음식점에서 게 다리만 수북이 쌓아 놓고 파는 걸 보았죠. 저는 그와 그렇게 살면 좋겠다는 생각을 했어요. 그와 사는 것이 어려워도 다리만 떼어내는 걸로요. 시간이 지나면 다리에 살이 붙어 다시 온전한 게가 되듯이 우리의 날들도 그렇게 되리라는 희망을 품고 그와 살아가리라고요. 아마도 언니는 게를 몰랐나 봐요. 게 다리가 다시 살아나는 걸 언니는 몰랐을 거라고, 그렇게 이해했어요.

　휴가를 다녀온 정혜를 보니 어딘가 달라져 보였다.

　"잘 다녀왔어?

얼굴이 그을려서인지 다부져 보였다.

"네, 좋았어요. 여름을 미리 맛보고 왔죠."

자신감 넘치는 말투에 나는 안심했다.

"게를 찾으러 다닌 여행이었어요."

게? 나는 더 이상 묻지 않았다.

그리고 우리는 무슨 말을 했던가. 미국의 여름을, 다가올 서울의 여름을 말했던가. 지중해의 여름과 알제리의 여름까지 떠들어댔었던 기억. 카뮈의 소설 「이방인」에 나오는 태양. 그 태양 때문에 살인을 한 주인공 뫼르소까지 들먹이면서, 나는 글을 쓰고 싶다는 말을 했고 그녀는 문예창작과를 나왔다고 했다. 비밀을 함께하는 사람끼리의 은밀한 눈길은 나이를 초월한 우정이었을까.

얼마 후 나는 회사를 나왔고 그녀가 보낸 메일을 받았다. 문창과를 나온 그녀다운 글이었다. 내용은 키웨스트에서 게를 먹었다는 것이었다.

아들에게 게탕을 끓여 주었다. 게 다리까지 꼭꼭 씹어 먹고 난 후 아들이 나를 무심히 바라보았다.

"엄마가 집을 나간다 해도 난 말리진 않겠어요."

이심전심일까. 아들이 식탁에서 조용히 말했다. 아무런 느낌도 없는 얼굴이었지만 어떤 결심을 보는 듯했다.

"고맙다."

나는 아들을 똑바로 쳐다볼 용기가 나지 않았다. 고개를 숙이며 덧붙였다.

"네가 대학에 들어갈 때까진 있을 거야."

식탁 위 빈 그릇을 설거지통에 옮기는데 눈물 한 방울이 툭 떨어졌다. 아들에게 보이지 않아서 다행이었다. 내 눈물을 본다면 아들은 못 견딜 게 뻔했다. 아버지에 대한 참았던 분노를 터뜨릴지도 몰랐다. 나 때문에 일어난 부자지간의 불화를 원하지 않았다. 등을 돌리고 나는 말없이 설거지를 시작했고 아들은 제 방으로 들어갔다.

집을 나온 것은 가장 가까운 친구에게만 알렸다. 친구는 비정규적으로 하는 일이라면서 가끔 그녀 남편 회사에 나와 일을 도와달라는 부탁을 했다. 나중에 알았지만 부탁이 아니라 배려였다. 모아놓은 돈도 별로 없었고 집을 나온 후 정리한 돈으로 얼마만큼을 살아낼지 까마득했다. 어떻게 앞으로의 시간을 보내야 할지 알 수도 없었다. 그냥 허겁지겁 넋 놓고 살아왔다고 해야 할까. 집에 돌아오면 기다릴 사람이 없다는 것 또한 까마득했다. 남편과는 그리 살갑게 살았던 기억이 없다. 서로의 영역이 달라서인지도 모른다. 그는 바깥일을 얘기하지 않았다. 나는 아이를 키우면서 겪는 기쁨과 힘듦을 얘기하지 않았다. 그는 너무 바빴다. 남편이자 아버지이지만 맏이 역할에 더 충실했다고 나는 지금도 그렇게 믿는다. 시부모님은 서로들 툭하면 이혼을 해야겠다며 남편을 괴롭혔다. 본가에 다녀온 그는 항상 지쳐 있었다. 그를 가만히 두는 것이 내가 그를 사랑하는 방법일 수밖에 없다고 체념하며 살았다면 변명일까. 남편에게 기대며 사는 날들은 희생을 요구했다.

시간이 차곡차곡 쌓여가면서 나의 빚은 점점 커져갔고 빚지고 사는 사람마냥 고개를 숙인 날들이 계속되었다. 그가 빚쟁이가 되어가는 듯 여겨졌다. 아이는 밤하늘의 별이었다. 임신했을 무렵 아이를 원하지 않던 그에게 아주 강하게 아이를 원한다고 말했다. 그럼 아이는 네가 키우는 거다. 남편의 말을 들으면서도, 막상 아이를 낳으면 제 자식을 사랑하지 않을 아버지가 어디 있겠냐는 막연한 희망을 가졌었다. 그러나 나는 돈을 벌어오는 기계야, 라는 말뜻을 결혼하고 나서 알게 되었다. 살면서 그가 했던 말들을 이해하는 데는 오랜 시간이 걸리지 않았다. 결혼한 후 나를 찾아온 시아버지가 하던 첫마디. 큰 애가 결혼을 했으니 월급은 이제 네가 다 갖게 되는구나. 내 가슴속에 지워지지 않는 말이란 걸 그는 알고 있을까. 차마 그 말을 그에게 전할 수 없었다. 남편이 가장 싫어하던 아버지가 한 첫 말이, 바로 그런 어처구니없는 말이었다는 걸 알았다면 그는 어떤 표정을 지었을까. 형편이 넉넉하지 않았더라도 자식이라는 별을 품고 있는 한 니는 견딜 수 있었다.

어릴 때처럼 다시 혼자가 된다는 것. 그렇게 나는 외롭게 죽어가겠지. 무엇이 나를 구원해 줄 것인가. 혼자 남는다는 것, 홀로 죽음을 마주해야 한다는 것을 가끔 생각한다. 그러나 어찌할 것인가. 그게 인생인 것을. 그냥 그대로 두자. 살기 위해 가게를 열고 샌드위치를 팔고 밥을 먹는다. 그냥 생존하기 위한 몸부림에 가치를 두자. 영혼 따위는 어딘가에 숨겨두고 집으로 돌아오면 점멸등이 켜지듯 나는 나에게로 돌아온다. 집 안은 깜깜하고 현관의 점멸등이라도 없었으면 집에 들어오지 않았을지도 모른다. 그래서 나는 현관의 불이 켜지면 다시 살아나는 것이다. 내일이면 또 죽는다 하더라도.

흐느끼는 소리를 들었던가. 나는 퍼뜩 눈을 떴다. 소리는 내가 내는 나의 절규였다. 가슴이 답답했다. 의식을 서서히 깨면서 안도의 숨을 쉬었다. 꿈속에서 아들이 죽는 꿈을 꾸었다. 누워 미동도 하지 않는 아들을 안고 울었던 기억이 생생했다. 가슴을 쥐어뜯는 통증이 계속되는 듯했다. 나는 침대 턱에 걸러앉았다. 방안은 캄캄했다. 한밤중인지 새벽인지 분간하기 어려웠다. 집으로 들어오자마자 씻지도 않고 벗지도 않고 그대로 침대 속으로 들어왔던 기억이 났다. 밖에서 비치는 빛이 방으로 스며들어 아주 어둡지만은 않았다. 거실로 나와 소파에 앉았어도 마음은 진정되지 않았다. 불길한 마음에 핸드폰으로 꿈 내용을 검색했다. 그러나 거기에서는 어떤 것도 찾을 수 없었다. 아무것도 없었다.

그러자 뒤늦게 혹시 하며 그녀가 떠올랐다. 집을 나온 것일까. 내가 그 회사를 나오고 가끔 안부 메일을 주고받았을 뿐 그녀를 만난 적은 없었다. 마지막 메일을 보낸 것은 그녀가 휴가를 다녀오고 나서였다. 아주 긴 내용이었다. 그녀가 돌아온 얼마 후 나는 회사를 떠났다. 친구의 도움으로 작은 가게를 얻어 여러 종류의 샌드위치를 팔았다. 회사에서 경험한 시간이 짧았지만 배운 것은 많았다. 그녀의 도움이 없었다면 일도 제대로 하지 못했을 나였다. 그녀 또한 메일 외엔 어떤 연락도 하진 않았다. 항상 바빴던 그녀였다. 손님이 없는 시간에, 가끔 푸른 하늘에 흰 구름을 볼 때, 혹은 은행잎이 노랗게 물든 거리를 지나칠 때, 첫눈이 내리는 날, 첫사랑의 연인을 그리워할 때처럼

게[蟹]

그녀의 안부가 궁금하긴 했다. 그런 날이면 게를 냄비에 한 솥 가득 끓여 아그작아그작 씹어 먹곤 했다. 아들이 좋아하던 게탕이나 게무침이 아닌 게찜이나 게매운탕을 먹었다. 나를 위해, 내가 좋아하는 음식을 만드는 데 아주 오랜 세월이 걸린 것이다. 이제부터는 나를 위한 음식을 먹을 수 있다는 사실이 나를 기쁘게 했다.

정혜야. 언니라고 불러줘서 정말 고마워. 내가 인생에서 가장 힘든 시기에 너를 만나지 못했다면 나는 그 시간을 버티지 못하고 집으로 다시 돌아갔을지도 몰라. 아무것도 모르는 나를 위해 사업자등록증을 내고 조달청에 가서 등록을 해주고 은행에 가서 가맹점주 카드 신청을 해주고 그 외 잡다한 일들도, 서류들은 참으로 많았지. 그건 너의 일이 아니고 나의 일이었음에도 기꺼이 하루 휴가를 내어 나를 도와주었어. 네 덕분에 나는 시작을 할 수 있었어. 너는 별것 아니라고 했지만 나에겐 모든 것이 서툴고 생소하기만 한 일들이었어. 예선에 게를 잡으러 작은 섬에 간 적이 있어. 비록 달랑게밖에는 잡지 못했지만 그래도 게는 게라고 할 수 있지. 그걸로 게장을 담갔었는데, 너를 만난다면 달랑게가 아닌 커다란 꽃게로 만든 간장게장을 선물로 주고 싶어. 그러면 나도 너처럼 게 다리에 새 살이 붙을 거란 믿음을 가질 수 있을지도 몰라. 지금은 한 마리의 게에 불과하지만 언젠간 두 마리의 게가 옆구리를 맞대며 걸을 수 있게 되리라고. 네가 키웨스트에서 꽃게를 찾아가는 길었던 과정이, 나에게도 그런 날이 찾아오리라고 믿어. 어쩌면 게를 찾는 시간이 단축될지도 몰라. 여기선 꽃게를 쉽게 찾을 수 있다는 걸 나는 아니까. 비록 봄철에 한해서지만. 너의 앞날이 항상 봄만 가득한 날들이길, 봄게처럼 알이 꽉 찬 날들이길, 빈다.

해가 뜨기 직전 강은 옅은 푸른빛으로 감돈다. 강을 건너 수산시장에 들어섰다. 오늘은 처음부터 뒷줄로 걸음을 옮긴다. 좁은 길 사이 양쪽 좌판엔 생선들이 가득하다. 고등어, 오징어, 임연수, 갈치, 꽁치 그리고 이름 모를 생선들이 가득하다. 어떤 물고기는 여전히 살아있는 것처럼 보이기도 한다. 나는 좌판의 긴 줄 너머로 시선을 돌린다. 그곳엔 뜻밖에도 바닷속이다. 푸른 바닷속에 물고기들이 헤엄치고 있다. 물고기들이 살아서 나를 향해 다가온다. 우리처럼 너도 살아서 헤엄을 치라고 속삭인다. 나는 현기증이 인다. 순간 어지럼증에 주춤, 발을 멈춘다. 갑자기 물고기가 사라진다. 어디선가 아련하게 어떤 소리가 들려온다. 귀에 익숙한 할머니의 목소리. 왔수! 반가운 얼굴로 할머니가 다가온다. 나는 살갑게 할머니의 주름진 손을 잡는다. 할머니가 함박웃음을 짓는다.

집으로 돌아가는 길, 강은 옅은 푸른빛이 사라지고 회색빛이다. 조수석에 놓아둔 게가 봉투 속에서 바스락거리는 소리를 들으며 나는 액셀러레이터 페달에 힘을 주었다. 그리고 나직하게, 속삭이듯 노래를 불렀다.

쏜살같이 흘러가는 나날들
한 계절이 지나면 다른 계절이 오지.

　　　　　　　　　　　　　　　　　게(蟹)

페트라의 돌

페트라의 돌

남편은 그 돌로 무엇을 할 거냐고 물었다. 익숙한 솜씨로 여행 가방을 먼저 정리한 그가 기실 소파에 편안히 앉아 돌에 관해 말했을 때, 나는 그때까지도 그 돌로 뭘 할 건지 전혀 생각하지 못하고 있었다. 돌은 휴지와 종이로 겹겹이 쌓인 채 옷 틈 사이에 넣어둔 상태 그대로 있었다. 가방을 풀어 헤쳐 물건을 제자리에 두는 것도 짐을 쌀 때만큼 시간이 꽤 걸렸다. 짐을 정리하는 내 폼을 보니 아무래도 시간이 오래 설릴 것 같았는지 남편은 티브이를 켰다. 돌은 여행지에서 사 온 기념품이었다. 보라색, 분홍색, 흙색이 한 줄 한 줄 쌓여 있는 모양이 처음 보았을 때부터 예사롭게 보이지 않았다. 돌은 나에게만 기념이 되었다. 그는 관심조차 없었다. 그의 관심은 돌이 아니라 돈이었으리라.

페트라에서 나를 따르던 소년이 자신이 사는 곳에 다다르자 돌기둥을 가리켰다. 돌기둥은 천장에서부터 길게 뻗어 나왔는데 소년의 머리 위에서 멈추어선 형태였다. 나는 바닥에 깔린 담요를 보고서야 그곳이 소년의 집이리라 짐작했다. 그것도 잠만 자는 곳으로 사용되는 듯했다. 소년이 돌기둥을 주먹으로 툭툭 치자 돌들이 톡톡 떨어졌다. 소년이 돌 몇 개를 주워 수줍은 듯 내게 내밀었을 때, 남편은 조금 떨어진 곳에서 나의 행동을 재미난다는 듯 지켜보고 있었다. 그는 이미 소년의 다음 행동을 예견한 듯했다. 당연히 내가 거절하지 못하리란 것도 알았을 것이다. 소년이 원 달라, 하고 속삭이듯 말했을 때 나는 속으로 적잖이 당황했다. 소년의 미안해하는 표정을 보고 나서야 나의 무심함을 자책했다. 유적지는 그들이 생활하는 곳이었다. 선사시대 때부터 지금까지 대대로 살고 있다고 여행책에서 말하지 않았던가. 나는 1달러짜리 지폐를 한 장 한 장 세어 열 장을 주었다. 소년의 눈이 커졌다. 소년은 내 손에 돌 몇 개를 쥐여주곤 땡큐란 말을 남기고는 바람처럼 언덕 너머로 사라졌다.

소년이 어디서부터 따라왔는지 알 수 없었다. 넓은 유적지에서 관광가이드를 따라다니며 설명을 듣느라 정신이 팔린 내게 소년이 쉽게 눈에 들어오진 않았다. 신기하고 신비롭기까지 한 고대 유적지를 훑어보는 것으로도 매우 바빴다. 알고 있는 영어 단어 몇 개로 해설을 가늠하자면 가이드 말에 집중해야 했다. 학교를 졸업하고 나서도 짬짬이 배웠던 영어였지만 여전히 생소한 외국어로 들릴 뿐이었다. 잊지 않은 몇 개의 단어들로 전체를 이해하기엔 역부족이었다. 남편은 나와 달리 영어를 능숙하게 했다. 그는 내가 물어보는 모든 것에 대해 소상히 설명해 주었다. 여기는 귀족들의 무덤, 저기는 경비병의 초소 등 알 수 없는 무덤들에 대해 가이드 청년이 설명했던 내용을 알기 쉽게 짚어 주었다. 집에서도 저런 모습을 보여준다면 얼마나 좋을까.

　어디쯤에서였을까, 아마도 어느 바위 언덕을 부족한 체력으로 헉헉대며 올라갔을 때부터였는지 모른다. 언덕 위에서 내려다본 풍경은 숨에 찬 심장을 멎게 할 만큼 탄성을 지르게 했다. 맞은편 모래 산은 거대했고 산에 구멍을 뚫어 만든 동굴 집에선 사람들이 선사시대부터 지금까지 살아왔다고 가이드는 설명했다. 특히 관개시설이 잘 발달해 반드시 이곳을 통과해야만 하는 아랍 상인들에게 통행세를 받아 번성할 수 있었다며, 자신도 그들의 후손이라 말하고는 웃었다. 가지런히 정렬된 이가 보기 좋았다. 나바테아인? 유 투? 짧은 영어로 내가 묻자 가이드는 고개를 끄덕였다. 우리는 입장권을 사며 개인 영어 가이드도 함께 신청했다.

　영화 인디아나 존스에 나와 더욱 유명해졌다는 바위는 두세 사람이 겨우 통과할 수 있을 만큼 좁았다. 바위틈 사이로 급하게 마차를 몰며 나쁜 놈에게 쫓기는 주인공 해리슨 포드가 나타날 듯했다. 커다란 바위는 성문 역할을 했고 경비병으로 보이는 이들이 페트라로 들어가는 사람들을 검사했다. 바위는 천연요새였다. 좁은 통로에서 관광객을 위해 그 당시 복장을 한 문지기 병정과 기념사진을 찍었다. 성문 바위를 통과하자 '알카즈네'라고 잘 알려진 신전이 나타났다. 18세기 초 프랑스인에게 발견되어 지금도 연구를 계속해 오고 있는 알카즈네는 파라오가 신전 밑에 보물을 숨겨두었다는 전설 덕분에 더욱 유명해졌다고 했다. 남편은 그물망이 쳐진 지하를 안타깝게 내려다보며 입맛을 다셨다. 마치 자신의 보물을 두고 가는 사람처럼 못내 아쉬워하는 표정을 지었다. 세계문화유산으로 유네스코에 등재된 다른 곳들처럼 페트라도 신비했다. 대개의 건축물과 달리 위쪽에서부터 아래쪽으로 깎아 내려왔다는 건축물은 감탄을 자아내기에 부족함이 없었다.

　오늘 하루 관광으로 그 지역을 다 보는 것은 무리였다. 여행책에서 본 것보다 그곳은 훨씬 더 넓었다. 모래 산 아래에는 낙타, 당나귀, 사람들이 개미처럼 조그맣게 보였다. 그리 높은 위치가 아니었는데도 살아있는 것들은 아주 작게 보였고 죽은 사람들이 묻혀있는 모래 산은 너무 컸다. 이곳은 죽은 사람들을 위한 장소인가. 무덤 동굴에서 살아가는 사람들이 내게는 이상하게 느껴졌다. 살아있는 것들이 조그맣게 보인다는 사실조차 매우 기이했다. 그때였다. 내가 아주 이상한 느낌에 사로잡힌 것은. 벌레나 혹은 나뭇잎이 내 손을 간질이는 것 같은 느낌이었다. 하지만 그보다는 무거웠고, 낯선 감촉이었다. 흠칫 놀란 나는 내 손을 내려다보았다. 아주 작은 손이 내 손안에 들어와 있었다. 무심결에 내가 잡은 손은 아닐 것이었다. 나는 어린아이의 손을 절대 함부로 잡지 않는다. 분명 소년이 먼저 내 손을 잡았을 것이다. 소년의 손이 언제 내 손에 들어왔는지 모를 정도로 유적지에 그렇게 열중했던가. 나는 소년을 내려다보았다. 내가 보는 것을 느꼈는지 소년도 나를 올려다보며 씩 웃었다. 숱 많은 까만 머리, 어른만큼 커다란 눈과 곧게 쭉 뻗은 코, 부드러우면서도 강인해 보이는 입술과 갈색 피부색은 전형적인 아랍인의 모습이었다. 썩 잘생긴 얼굴이었다. 허름한 옷차림조차도 소년에게는 그리 남루해 보이지 않았다. 소년이 수줍은 미소를 내게 보냈다. 나는 손을 빼고 싶었다. 자꾸만 동생의 차가운 손이 생각났다.

어느 순간 나는 물속에 있었다. 물속 웅덩이는 깊었다. 불어오던 바람도 사라지고 없었다. 냇가의 얕은 곳에 깊은 웅덩이가 있을 줄 상상이나 했겠는가. 물장구를 치며 앞으로 계속 나아가는 것이 마냥 재미있었던 나는 어느 순간 바닥에서 미끄러지며 더 깊은 웅덩이로 빠져들었다. 웅덩이는 깊었다. 나를 바짝 뒤따라오던 여동생도 마찬가지였다. 동생이 나의 손을 잡았다. 나는 그 손을 뿌리치지 말았어야 했다.

그해, 여름방학이 시작되었다. 항상 그렇지만 칠월 하순의 여름은 무척 더웠다. 그 시절 우리집은 사는데 넉넉하진 않아도 부족함은 별로 없었다. 부모를 일찍 여읜 아버지는 가족을 끔찍이 여겼고 무척 아꼈다. 가부장제가 여전히 살아있던 시절이었지만 아들과 마찬가지로 딸들에게도 사랑과 교육을 받을 기회를 주었고 엄마에게는 정성을 다했다. 자신의 아이를 낳아 키우고 자신과 같이 산다는 이유로 아버지처럼 아내에게 잘한 남편이 있을까.

그러나 우리의 행복은 그해 여름에 깨져버렸다. 우리 가족도 그날 이후 예전의 모습으로 돌아오지 않았다. 그날 이후 모든 것은 달라졌다. 아버지는 가족을 돌보지 않았고 엄마는 슬픔을 참지 않았다. 자식들은 그런 부모 밑에서 숨을 죽이고 살아야 했다.

그날은 여름방학을 맞은 후 처음의 휴일이었다. 아버지는 가족을 데리고 계곡으로 물놀이를 갈 계획을 세웠고 아버지의 동료 가족들도 함께 가기로 해 들떠 있었다. 먹을 음식을 준비하고 놀이옷과 수영복을 준비했으며 타고 갈 차도 준비했다. 중학생이 된 언니는 제외되었다. 어린 나이이기는 했지만 즐거워하는 부모 옆에서 나는 왜 마음 한쪽에 먹구름이 들었는지 커서도 계속 의문이었다. 아니 즐거웠지만 그런 기억까지 기억에서 없애버렸는지도 몰랐다. 곰곰 생각해 보면 어른들 말처럼 무언가를 예지한 건 아닐까 하고 나름대로 해석을 갖다 붙이곤 했다.

강물을 바라보는 것은 지금도 불편했다. 세월호가 가라앉을 때도 티브이를 껐다. 티브이에 나오는 어떤 소식도 접하기 싫었다. 싫었다기보다 '피했다'라는 표현이 맞을 것이다. 그날을 떠올리게 하는 그 어떤 것도 피하고 싶다는, 무의식적 행동일지 모른다. 물을 보면 어린 시절 차가웠던 동생의 몸이 저절로 떠올려진다. 왜 엄마는 운전하는 아버지의 옆 좌석에 앉았던 것일까. 뒷좌석 나의 무릎에 놓인 동생의 머리는 무거웠다. 젖은 머리는 무척 차가웠고 푸르스름했던 입술은 점점 더 짙어져갔다. 몸은 무서우리만치 차가웠다. 동생의 몸은 얼음이었다. 손가락을 살짝만 대어도 쩍 달라붙을까 염려가 될 만큼 차가웠다. 차가움은 죽음이었다. 죽음의 공포가 나를 덮쳤고 두려움에 떨었다. 넋이 나간 엄마에게 죽음의 공포를, 두려움을 말할 수 없었다. 덜덜 떨면서, 이가 딱딱 부딪히는 소리를 내지 않기 위해 턱을 누르고 있어야 했다.

  아, 차라리 나도 이대로 죽었으면 좋겠다. 그런 생각이 집으로 돌아오는 내내 차 안에서 나를 놓아주지 않았다. 나는 눈을 감았다. 아무것도 보고 싶지 않았다. 그러나 동생은 바로 내 무릎에 있었다. 그날 나는 생과 사를 보았던가. 그 후로도 한동안 나는 동생을 죽게 했다는 죄책감에서 헤어날 수 없었다. 특히 언니는 나와 다툴 때마다 내가 동생 손을 잡아주지 않았다는 사실을 상기시키곤 했다. 심지어 동생을 돌보지 않았다는 책임까지 입에 올려 나를 한동안 더욱 괴롭게 했다. 그리고 학교에서도 나는 스스로 왕따가 되었다. 등하교를 같이하던 동생이 없어진 것에 대해 친구들은 궁금해했다. 그러나 내 입으로 차마 동생이 죽었다는 사실을 말할 수는 없었다. 나는 입을 다물었다. 어쩌면 그때부터 말이 없는 아이가 되어버렸는지도 모른다. 고등학교를 졸업했을 때까지도 나는 친구를 사귀지 못했다. 그리고 스스로 왼손잡이가 되었다. 웬만한 것은 모두 왼손으로 했다. 특히 책가방을 왼손만으로 들어서 지금도 왼쪽 어깨는 살짝 들려져 있다. 왼손은 학대받아도 마땅했다. 동생의 손을 뿌리쳤던 손이었다. 나는 학교와 집만을 오가는 것으로 중고등 학창시절을 보냈다. 어떤 즐거움도 갖지 않는 것으로 속죄하려 했는지도 모른다. 동생을 잃고 난 이후 죽은 사람을 겁내 본 적이 없다. 살아남아 있는 사람을 감당하기가 더 어렵다는 것을 이미 알아버려서일까, 그들의 슬픔이 오래도록 이어진다는 것을 이미 알아채서였을까.

아침부터 준비된 음식을 나르다가 동생이 음식을 떨어뜨렸다. 땅에 떨어진 음식을 주워 담을 수 없었다. 동생의 얼굴이 새파래졌다. 평소에도 실수를 용납하지 않던 아버지였다. 화내는 모습을 자주 보이지 않았으나 한번 화내는 아버지는 무서웠다. 어떤 상황이 벌어질 줄 몰라 나도 안타깝게 옆에 서서 땅에 떨어진 음식을 보고만 있었다. 아버지는 땅에 떨어진 음식과 빈 그릇을 들고 있는 동생과 나를 바라보면서 아깝지만 어떡하겠니, 빨리 주워 쓰레기통에 버리고 어서 떠나자고 부드럽게 말했다. 그러곤 심지어 동생의 머리를 쓰다듬기까지 했다. 동생의 얼굴이 밝아졌다. 나도 그런 동생을 보며 덩달아 기분이 좋아졌다. 연년생으로 태어난 남동생에게 부모의 사랑을 빼앗겼어도 질투 한 번 하지 않았던 동생은 어른들이 말하는 아홉수를 넘기지 못했다. 아버지는 그날 아침 먹을 것을 쏟은 동생을 혼내지 않은 것에 스스로 고마워했다. 만일 그날 동생을 혼냈더라면 무척 후회했을 거라고 엄마에게 누누이 말하곤 했다.

그리고 엄마. 아, 엄마 생각만 하면 가슴이 미어진다. 죽은 자식은 가슴에 품는다던가. 여름이 올 때마다 엄마의 눈물과 한숨을 견뎌야 하는 것은 고역이었다. 가을, 겨울, 봄을 잘 지내다가도 여름이 올 때면 엄마는 실성한 사람처럼 울었다. '우

페트라의 돌

우'하는 울음소리는 가슴속 깊은 곳에 있는 동굴에서 울리는 소리 같았다. 울음소리는 마치 어두컴컴한 지하 골방에서 울려 퍼지는 귀신의 소리처럼 들렸다. 참다 참다 못해 참지 못하고, 누르다 누르다 더 이상 눌리지 않아 터져 나오는 소리는 나를 안절부절못하게 했다. 슬픔이 온 집안을 휘감았다. 나는 엄마를 피하고만 싶었다. 그렇지 않으면 미칠 것만 같았다. 그렇게 슬픔에 빠지는 것이 자신의 죄책감을 덜어주는 듯 여름방학이 돌아올 때마다 엄마는 울었다. 자연히 내 발걸음은 시골 큰집으로 향하곤 했다. 그곳은 여름 햇살이 비치는 곳이었다. 들판을 오래도록 바라보았고 논둑을 한없이 걸었으며 원두막에 누워 하늘에 떠다니는 흰 구름을 보다 잠이 들곤 했다. 그러면서 그 시절을 잊어버렸다. 아니 어쩌면 잊기로 작정했다는 편이 맞겠다. 방학이 끝나 집으로 돌아오면 엄마는 언제 그랬냐는 듯 멀쩡한 모습으로 나를 맞아주곤 했다. 그러나 그날 엄마를 부르러 가면서 맨발바닥에 부딪히던 자갈밭의 고통은 끈질기게 오래 남았다.

티브이를 보던 남편이 또 묻는다. 돌을 어떻게 할 거냐고. 돌이 그의 마음에 들지 않았던 것이다. 모래로 만들어진 돌은 필요가 없는 것이다. 떨어뜨리면 깨질 것이고 시간이 지나면 다시 모래가 될 것은 뻔했다. 구태여 돈까지 주고 살 필요도 없는 물건이었다. 페트라에서 가져온 돌은 모래로 만들어져서 약간만 힘을 주어도 쉽게 부서졌다. 이미 한 개의 돌은 갈라져 두 조각이 되었다. 바다에서 오래 침식된 암석이 육지의 모래

산이 되었고 지금도 바람에 서서히 흩어지고 있다고 했다. 나는 돌에서 무엇을 보려 하는가. 잊힌 시간을 보려 하는 것일까. 처음엔 파스텔 색깔로 켜켜이 쌓인 돌이 무척 신기했고 희귀한 세계유산을 가져온다는 욕심도 있었음을 부인하긴 어렵다. 소년의 순진무구한 마음도 한몫했다. 그들에게 돌은 돈이었으며 그나마 조상이 물려준 팔 수 있는 유적이었다. 그렇다 해도 그들은 가난했다. 돌을 사는 관광객이 얼마나 되겠는가. 내가 가져온 돌은 흔하지 않은 돌이었다. 어른 주먹만 한 크기에 색색의 물결무늬가 새겨져 있었다. 여러 색깔의 물감을 자연스럽게 흘려놓은 모양새였다. 집에 돌아와 다시 들여다본 책에서 기원전 3세기의 돌이란 것을 확인했다. 공항검색대에 걸릴까 더 가져오지 못한 것이 못내 아쉬웠다.

남편 말에 대답하지 않자 남편은 불쾌했던지

"내가 만들어 줄게. 더 아름답게 말이야. 영구불변한 것으로."

단호한 음성으로 말한다.

물론 나는 남편의 저의를 잘 알아차린다.

"3D프린터로 만들어 준다는 거지?"

3D프린터란 말이 나오자마자 남편의 얼굴이 금방 밝아진다.

2013년 미국의 오바마 대통령이 의회에서 했던 연설 중에 3D프린터를 1분 정도 언급했다. 제조업의 패러다임을 바꿀 수 있다는 말에 전 세계가 들끓었다. 각국 정부에서도 3D프린터에 투자를 확대했다. 우리나라에서도 정부투자가 이어졌으나 정책이 졸속했고, 투자 연구비의 오용 등 제대로 된 투자가 이루어지지 않아 안타깝다고 남편은 아쉬운 표정을 지었다. 초등학교 때부터 배워야 한다는 3D프린터는 이제는 일반화된 기술로 잘 알려졌다. 적층식 방법을 사용해 한 층, 한 면을 가공하고 붙여나가 입체를 만드는 원리를 이용한 것이 3D프린터였다. 가만히 따져보면 수천 년 전에도 써왔던 방식이었다. 도자기를 만들 때 흙을 주물러 가래떡처럼 길게 만들어서 한 층 한 층 쌓았다.

남편은 내가 쉽게 이해하도록 천천히 말을 이어 나갔다. 지금은 액체뿐만 아니라 분말, 플라스틱, 릴, 나일론 등이 재료로 쓰인다. 심지어 초콜릿, 음식 재료, 금속을 이용해 제품을 만들기도 한다. 일부에서는 시멘트를 이용해 건물을 짓기도 한다. 남편은 작년 스페인 바르셀로나의 사그라다 파밀리아 성당 안 연구실에서 보았던 3D프린터는 분말을 재료로 했다며 연구실 유리창 너머로 무언가 만들어지는 광경을 재밌게 보았다고 말했다. 나는 아침 햇살이 스테인드글라스에 쏟아져 들어왔던 환하고 아름다운 성당 안을 생각했는데 그는 기계를 생각했다니! 들으면서도 어처구니가 없었다.

"3D프린터로 만들면 돌은 영원할까? 정말 부서지지 않아?"

남편이 개인적인 이유로 회사 내 3D프린터를 사용할 사람이 아니란 걸 알고 있었기에 딴소리하지 못하도록, 마치 도발하듯 그에게 물었다.

남편은 겸연쩍은 듯 말했다.

"이번 한 번뿐이야. 알았지?"

남편의 얼굴에 슬그머니 웃음이 번졌다. 기계치인 내가 기계에 대해 조금이라도 관심을 보이면 그는 항상 빙그레 웃음을 짓곤 했다.

남편은 나의 관심에 신이 나는지 계속 말을 이어 나갔다. 초창기엔 래피드프로토타이핑머신의 뜻으로 줄여서 RP, 우리말로 쾌속조형기라고 불렀는데 이름을 지을 당시 지금도 친하게 지내는 과학원의 양동렬 교수와 그렇게 우리말 표기법에 대해 합의했다고 했다. 남편은 산업현장에선 신제품을 시장에 내보내기까지의 긴 과정에서 나오는 설계 오류를 빨리 알아내는 게 경쟁력이라고 덧붙였다. 특히 시제품 과정에서 오류를 체크해 리콜사태를 미연에 방지하는 게 중요하다고……. 실수하지 않는 것, 완제품 이전의 모양과 기능을 미리 가늠해 볼 수 있는 것, 그것이 3D 프린터의 매력인가 싶었다.

남편은 며칠 전에도 했던 설명을 거듭 반복했다. 2005년 영국의 아드리안 교수가 REPRA PROJECT를 제안해 처음으로 개인용 3D프린터가 만들어졌다고. MATHER 프린트로 응용 소프트웨어를 개발했다고도. 그런 후엔 누구나 이 오픈소스 프린터를 무료로 쓸 수 있도록 인터넷에 발표했다는 내용을 강조했다. 그 때문에 세계 모든 사람이 3D프린터를 쓸 수 있게 됐다는 등등의 3D프린터와 관련된 내용들을 쉴 새 없이 쏟아냈다……. 덧붙여 언젠가 우주 개척 시대에 들어서면 지구인이 화성에서 3D프린터로 주택과 건물을 세우고 도시를 건설할 것이라며, 3D프린터의 쓰임새는 앞으로도 지속될 거라고 남편은 흐뭇해했다.

나는 책장에서 스크랩해 둔 노트를 꺼내와 남편 들으라고 소리 내어 읽었다.

"심한 화상을 입은 상처에 바로 입히는 인공피부, 하루 만에 지어지는 58㎡(약 18평)짜리 가정집, 군인 몸에 바로 붙이는 생화학무기 감지 센서…. 3D프린팅 기술이 빠르게 진화하고 있다. 단순 제조업을 넘어 의료, 건설, 군사 등 다양한 분야에 쓰이며 우리 삶 속에 녹아드는 것이다. 미국 시장조사 업체 스마테크 마켓은 지난해 6조 8,000억 원 규모였던 3D프린터 시장이 2023년 21조 원으로 성장할 것으로 전망했다. 3D프린터는 단순히 의료나 주택과 같은 일부 분야의 혁신뿐 아니라, 제조업의 패러다임을 통째로 바꾸고 있다. 초기에는 쓸 수 있는 재료가 플라스틱 정도로 한정돼 있었고 프린터 크기도 작아 제조업 분야에서는 한정된 부품 대체에 그쳤다. 하지만 프린터의 크기가 커지고, 재료도 금속·콘크리트와 같이 다양해지면서 항공기나 군함에 들어가는 대형 기계 부품까지도 3D프린터로 제조할 수 있게 된 것이다."

내가 노트를 내려놓자마자 남편은 다시 설명을 덧붙였다. 지금은 이 기술을 이용하여 인공피부까지 만들 수 있고 하루만에 이십 평 정도의 집은 지을 수 있다고 신문에까지 나왔다며 아직은 시제품을 만드는 데 그치지만 언젠가는 커피 자판기처럼 개인도 자신이 원하는 물건을 만들 수 있는 날이 온다고 했다.

세계 최초의 산업용 장비로 만든 상용화 제품이 처음 나타났음에도 불구하고 그 원리를 잘 알지도 못하던 시절, 남편은

3D프린터를 수입했고 공부했으며 지금은 그 기계로 물건을 만들기도 했다. 그는 기계를 정말 사랑했다.

"그분은 여전하신가?"

나는 말머리를 돌리고 싶어 언젠가 파트너십 세미나에서 우연히 만난 3D프린터 업계 창시자라 할 수 있는 그와의 에피소드로 화제를 넘겼다. 그는 무척 큰 키가 인상적이었는데 딸의 장난감이 고장이 나 차로 한 시간이나 떨어져 있는 시내에 가서 부품을 사 와야만 했다고 말했다. 돌아오는 차 안에서, 집에서도 쉽게 부품을 만들 수 있는 기계가 있다면 이렇게 멀리까지 나갈 필요가 없다고 생각했었다고. 그런 작은 고민이 이렇듯 세계적인 혁신 제품을 만들게 했다며, 남편은 그를 부러워했다. 그는 내 물음엔 관심도 없는지 대답하지 않았다. 그의 설명을 듣던 나는 차츰 지루해지기 시작했다.

"3D프린터로 돌에 시간의 흔적, 바람의 숨결까지 만들어 낼 순 없겠지?"

남편은 어이없단 표정을 지었다. 기계에 그런 것까지 요구하는 나는 정말 기계치인지도 몰랐다. 그가 장래가 탄탄한 회사에 사표를 내고 자신의 회사를 차린다고 했을 때 나는 반대하지 못했다. 반대한다고 해도 들을 사람이 아니었다. 첫 사업이 실패로 돌아가자 작은 회사에 들어가 묵묵히 시간을 견뎠다. 약간의 돈이 모이자 또 사표를 던졌다. 생활이 불안정한 시기였다. 불안의 시기이기도 했다. 당시 나를 견디게 해준 것은 두 아이였다. 아이들은 스스로 공부를 열심히 했으며 특히 둘째는 학교가 끝나면 집 뒷산에 올라 기이한 모양의 돌을 주워

와 보석이라며 나를 기쁘게 하곤 했다.

　돌을 3D프린터로 만들어 준다는 남편의 약속은 지켜지지 않을 것이다. 그냥 빈말인 확률이 높은 것이다. 이제 나도 웬만한 것은 그냥 지나치면서 살아가는 것이 편하다는 것을 안다. 살아가면서 알게 된 건 그가 나에게 한 많은 약속이 빈말이었다는 것이다. 나 또한 아이 때문에 산다는 말은 이제는 빈말이었다. 이렇게 서로 눙치며 죽을 때까지 사는 것이 부부로 살아가는 삶일까. 이제는 진지하게 앞으로의 삶을 계획해야 하지 않을까 하는 생각은 일상에 묻혀 허공을 떠다니기만 했다. 나는 신혼 때의 일을 떠올렸다. 그의 빈말이 거짓이 아니었던 그런 날들이 그리웠다.

　약속 장소인 카페에 들어서니 나를 먼저 알아본 남편이 손을 번쩍 들었다. 나는 창가 테이블로 갔다. 남편과 같이 앉아있던 남자가 나를 보사 얼른 자리에서 일어나 고개를 숙여 인사를 했다. 그의 얼굴은 첫 만남에 의례 그렇듯 약간은 굳어 있었다. 그는 나를 처음 봤겠지만 나에겐 아주 익숙한 얼굴이었다. 굳은 표정조차도 너무나 익숙했다. 그가 형수님, 안녕하세요. 라고 말했을 때 그냥 얼떨결에 네, 하고 대답은 했지만 놀란 표정을 숨겨야 했다. 달리 무슨 할 말이 있을까. 처음 보는 남자에게 시동생과 똑같이 생겼다고 말해야 하나. 그건 실례이지 않을까. 내가 그를 어떻게 불러야 할지 망설이는데 남편이 먼저 말했다.

　"정말 똑같이 생겼지?"

남편은 내가 할 말을 대신 해주었다. 서먹한 분위기가 훨씬 부드러워졌다. 정말 그는 시동생과 너무 닮아있었다. 아니 닮은 것이 아니라 똑같았다. 목소리뿐 아니라 어눌한 말투까지 똑 닮아 있었다. 태어나서 이십여 년 넘게 떨어져 살았는데도 말투까지 닮은 것이 신기했다. 나는 고개를 끄덕이면서 차를 마시는 그의 오른손을 보았다. 컵을 쥐고 있는 손에서 별다른 이상은 발견할 수 없었다. 테이블에 올려 있는 왼손에서도 별다른 특징은 찾아볼 수 없었다. 두 손 모두 정상이었다. 나의 눈길이 자기 손을 향해 있다는 것을 알아챘는지 그가 미소 지으며 말했다.

"아주 어릴 때 수술했다고 들었어요, 전 기억도 나지 않아요."

나는 당황했다. 그러나 들킨 마음을 숨기진 않았다. 어차피 내가 그를 시동생으로 받아들여야만 한다면 그도 이 정도는 감수해야 한다는 뻔뻔한 마음도 있었으니까. 결혼 전 알게 된 사실이 있는데 태어나자마자 남에게 준 남편의 쌍둥이 동생에 대한 것이었다. 어렵던 시절에 태어난 쌍둥이 동생 중 하나를 남에게 주기로 하면서 손이 안으로 굽어진 아이를 주었다는 얘기를 들었을 때 나는 시부모를 이해하려 애썼다. 정말 그렇게 가난했을까. 손에 이상이 있는 아이를 부잣집에서 치료해 줄 수 있겠다 싶어 보냈다니, 그의 운명은 손 때문에 바뀐 것이었다. 나는 그때 남편을 얼마나 신뢰했던가.

결혼하고 얼마 지나지 않은 어느 날이었다. 저녁 회사 앞 카페에서 동생을 만나기로 했으니 나도 만나야 한다고 남편이 말했다. 쌍둥이가 태어났을 당시 너무 가난해 그들 중 하나는 아이를 낳지 못하는 부자에게 주었다는 말을 들었던 순간 처음엔 시부모님을 이해할 수 없었다. 그런 선택을 도저히 받아들일 수 없다는 내 마음은 시부모님을 신뢰할 수 없는 사람으로 여겨지게까지 했다. 카페에서 얘기를 나누던 중 시동생은 다른 가족에게는 자신의 존재를 알리지 말아 달라고 부탁했다. 저는 가슴속에 큰 돌을 안고 여태 살아왔어요. 저의 부모님은 아직도 제가 출생의 비밀을 모르고 있는 줄 알죠. 비밀은 비밀로 지켜지길 바라요.

시어머님의 가슴속에도 저런 돌이 박혀 있을까. 돌아가실 때까지 시어머님은 어떠한 말도 하지 않았고 나 또한 물어보지 않았다. 비밀은 비밀로서 존재했다. 그러나 나만큼은 살면서 가슴속에 돌을 얹고 살고 싶지는 않았다. 어쩌면 남편에게 예스만 연발하는 아내가 된 것도 그런 바람이 무의식적으로 작용했는지도 모른다. 이제 형과 형수를 만났으니 돌 부피가 좀 줄어들겠죠? 라고 그가 말했다. 나는 그의 호칭을 '비밀의 돌'이라 짓고는 그를 만날 때면 마음속으로 비밀돌! 하고 부르기도 했다. 자라면서 자기 출생의 비밀을 알고 깊은 절망에 빠져 방황도 했었다는 이야기를 듣고는 그의 돌이 아주 없어지기를 바랐다. 살면서 나에게도 묵직한 돌들이 생기기도, 그 부피가 커지기도 작아지기도 했다.

산다는 것은 가슴속에 돌 하나씩을 가지고 살아가는 것인지도 모른다. 그의 마음에 얹혀 있던 돌은 나를 만나며 줄어들었을까. 그를 자주 만나진 않았지만 나의 돌은 점점 커져만 갔고 그의 돌도 줄어들진 않았으리라. 살아간다는 건 이상한 일이기도 했다. 돌이켜볼수록 지난 세월이 며칠 동안의 일처럼 여겨졌다.

언제부터인지 3D프린터로 돌을 만들어 준다는 남편의 말은 빈말이 되어갔고 자신의 일로 바삐 생활했다. 나와의 약속을 들어줄 만큼의 여유도 없어진 걸까. 남편에겐 성공만이 최우선이었을까. 남편과 달리 비밀돌은 나의 하소연을 묵묵히 잘 들어주었다.

죽기 전에 꼭 가봐야 한다고, 뭘 좀 아는 사람들이 늘 잊지 않고 손에 꼽는 세계적인 유적지 페트라. 텔아비브행 기내 좌석에 딸린 스크린을 이리저리 둘러보다가 우연히 시청한 프로그램에서 페트라가 세계 10대 거대 유적지 중 6위를 차지한다는 사실을 알게 되었다. 일에 쫓겨 어디를 가도 호텔 구경만 하고 온다는 나의 투덜거림을 막기 위해서라도 남편은 오늘 하루는 관광을 하겠다는 약속을 지켰다. 어제는 국경을 넘고 렌터카를 빌리는데 시간을 다 써버려 고대 로마 시대의 유적지 제라시는 제대로 구경도 못 하고 입구만 서성이다 돌아왔다. 로마 시대의 성벽이란 저런 것이지 하는 정도만 맛을 봤을 뿐이다.

오늘은 아침 일찍 서둘러 페트라로 향했다. 왕의 길이라 이름 붙여진 하이웨이를 달린 끝에 도착한 페트라는 너무나 거대해서 놀랄 수밖에 없었다. 계곡에서 뛰어놀고 개천을 보며 자랐던 나 같은 사람은 드넓게 펼쳐진 넓은 땅덩어리만 봐도 놀라게 된다. 인간을 하찮은 존재로 여겨지게 하는 거대함에, 자연의 위대함에 압도당했다. 나와 달리 별다른 느낌을 받지 못했는지 남편은 유적지 입구에서 입장표를 사고는 영어 가이드를 신청하며 심드렁한 표정을 지었다. 사무적인 일을 처리하러 온 사람처럼 보였다. 기다리는 잠깐의 시간도 아까운지 남편은 매표소 건너편에 있는 상점으로 들어갔다. 원형으로 이어진 상점을 둘러보던 그가 사각형에 술이 달린 천을 사서 머리에 터번을 만들었다.

"멋지지 않아? 중동에 오면 꼭 쓰고 싶었어."

그는 만족한 웃음을 지었다.

영화나 티브이에서 보았던 바로 그런 모습이었다. 머리에 천을 씌운 다음 모양을 만들고는 동그란 검은색 띠로 머리를 고정해 흘러내리지 않도록 상점 주인은 정성을 다해 꾸며주었다. 어깨를 넘어 등 뒤까지 늘어진 술이 그를 멋져 보이게 했다. 언젠가 보았던 아라비아의 로렌스에 나오는 주인공 같아. 하고 나는 맞장구를 쳐주었다. 오랜만에 하는 여행이었다. 이런 날들이 죽을 때까지 몇 번이나 될 것인가. 지금, 현재의 시간을 소중히 여기자고 그가 말했다. 지나간 시간은 잊어버리라고도 했다. 이렇게 말할 때면 그의 말을 따르고 싶었다. 이제는 빈말이 아니기를 바랐다. 검색을 통해 알았던 것보다 페트라는 넓었고 흐린 날씨는 그곳을 더욱 기억에 남게 했다.

내가 소년에게 많은 돈을 주고 돌을 사는 것을 보자 가이드는 남편에게 키가 작고 눈에 띄지도 않을 것 같은 늙은 노인을 소개했다. 노인은 마치 그곳에서 오래전부터 남편을 기다린 것 같았다. 그는 맨발이었으며 무거운 걸음으로 천천히 다가왔다. 페트라에서 태어났고 자랐고 늙어 죽을 것이라는 노인이 주머니에서 조심스럽게 무언가를 꺼냈다. 전갈이 새겨진 작은 등잔을 보여주었다. 남편의 눈이 호기심으로 커졌다. 전갈이 새겨진 나바테아인의 등잔은 귀하다고 가이드까지 옆에서 거들었다. 노인이 다른 주머니에서 동전을 꺼냈다. 남편은 나바테아인의 등잔과 동전을 보자마자 가격을 물었고, 로마 시대의 돈을 덤으로 준다고 하자 망설이지 않고 흥정에 들어갔다. 그는 결국 그것들을 모두 사버렸다. 그는 남들에게 자랑할 만한 것들만 샀다. 그러나 정작 기념이 될 만한 것을 꼽자면 진품인지 가품인지도 모를 골동품들이 아니라 나바테아인의 후손이라 주장한 남루한 노인에게 거금을 덥석 쥐여준 행동, 그 자체였는지도 모르겠다. 노인은 아랍 상인의 후손임이 분명하다고 나는 생각했다. 여행객의 호주머니 사정을 아주 잘 알았고 탐낼 만한 물건만 보여주었다. 내가 소년에게 샀던 돌과 그가 노인에게 산 동전과 등잔만큼 우리 생각의 차이는 깊게 벌어져 있었다.

　남편이 또 묻는다. 돌을 어떻게 할 거냐고. 나는 대답하지 않을 것이다. 그의 물음은 여전히 빈말이고 3D프린터로 만들어 준다는 말 또한 빈말임을 나는 알고 있다.
　페트라에서 사 온 돌에 접착제를 발랐다. 나무판에 붙여 단단히 고정시켰디. 붙여진 돌 주위에 아크릴 색을 칠했다. 모래가 흩어지지 않게 정착액의 일종인 픽서티브를 뿌렸다. 나무판 아래쪽에 오늘 날짜와 내 이름 중 끝 자를 붓으로 그려 넣었다. 글자는 수줍게 돌 아래에서 고개를 숙이고 있었다. 당당하게도 보였다. 아크릴 액자까지 맞추니 돌은 이제 어엿한 미술 작품이 되었다.

내 방에 고이 모셔져 있는 돌을 가끔 들여다본다. 돌에는 색색의 무늬가 둘려져 있다. 돌에 겹겹이 새겨져 있는 고운 파스텔색에서는 따뜻한 온기가 나오는 듯했다. 돌의 결은 어린 시절의 슬픔도 신혼 시절의 어려움도 그리고 지금의 안락함도 모두 인간들이 겪는 시간이라고 말하고 있는 듯했다. 그러다 죽음을 맞이하는 것이라고 가르치고 있는지도 몰랐다. 어찌 나의 시간이 저 돌의 시간과 비교가 될 것인가. '돌' 작품만은 자식들에게 물려주고 싶은 마음까지 들었다.

이제 오랜 세월을 견딘 모래로 쌓아 올려진 몇 개의 돌은 영원히 나와 함께 할 것이었다. 돌은 부서지지 않을 것이었다. 화강암처럼 단단해질 것이었다.

남편은 계속 물을 것이다. 돌을 어떻게 할 거냐고. 그러나 그 물음이 계속될수록 내 마음에는 3D프린터로 만든 돌에 시간의 흔적이 쌓이는 게 보이는 듯했다.

언니의 꽃

언니의 꽃

　칼미아 꽃나무를 옥탑방의 작은 공터로 옮겼다. 옥탑방은
내가 내게 주는 선물이었다. 오십 중반이 넘어서야 겨우 내 공
간을 갖게 되었을 때 언니는 나를 대견하게 생각했다. 그때 선
물로 가져온 묘목이 칼미아였다. 봄이 가고 여름이 오면 하얀
색 꽃이 필 거야. 이 꽃을 나는 아주 오래전부터 알고 있었어.
꽃말은 커다란 희망이야. 언니는 꽃을 가리키며 말했다. 오래
전부터 알고 있었다면 언니의 머릿속에 있는 꽃이 이 꽃이었
단 말인가. 나무를 화분으로 옮기며 나는 의아했다. 하지만 아
닐 것이다. 동대문 시장에서 꽃구경을 하다가 꽃이 아름다워
나에게 주려고 산 것이었을 뿐이라고 가볍게 생각했다. 칼미
아에 대해 언니는 한 번도 말 한 적이 없었다. 하지만 커다란

희망이라는 꽃말이 마음에 걸렸다. 그렇다면 조카를 낳았을 때부터 이 꽃을 알고 있었단 말인가. 그럴 리는 없었다.

검색을 해보니 칼미아는 우리나라 꽃이 아니라 미국에서 들어온 꽃이었다. 커다란 희망이라는 꽃말이 무색하게 무더기로 피는 하얀색 꽃은 작았다. 봉오리로 있을 때는 분홍색이었다가 활짝 피면 하얀색으로 변한다. 자세히 들여다보면 오각형 모양의 꽃 한가운데에 기다란 암술이 있고 끝이 빨간 열 개의 수술이 암술 주위를 지키고 있다. 마치 우산을 뒤집어 놓은 모양이다. 검색을 하기 전까지 나는 이 꽃나무를 알지 못했다. 흔한 꽃이 아님은 분명했다. 수술이 암술을 지키듯이 언니는 조카를 지키며 살아왔을까. 나무줄기는 가느다랗고 하늘을 향한 잎은 도도하게 느껴졌다. 일 년에 겨우 십 센티미터 자라는 꽃나무. 바깥으로 나온 칼미아 잎에 부드러운 봄바람이 스쳐 지나간다. 봄이 가고 칼미아에 새잎이 나고 하얀 꽃이 무더기로 피어도 이제는 같이 볼 수 없는 언니.

차창 밖을 바라봤다. 벚꽃 길은 끝없이 길게 이어졌다. 언제쯤 꽃길이 끝나는지 알 수 없었다. 저 꽃이 지면 언니를 볼 수 있을까. 해마다 티브이나 매스컴에서 꽃 이야기가 나오면 언제나 가슴이 쿵쾅거렸다. 뛰는 가슴과 관계없이 꽃은 피고 졌다. 언니와 꽃을 보러 간 게 언제였더라. 같이 쳐다본 적이 언제였는지 기억조차 나지 않는다. 꽃이 피는 것이 아니라 지는 것을 확인해야 했다. 지는 꽃을 언니와 함께 본다면 그해는 안심해도 되는 날들이 계속될 수 있을 것이리라. 나는 바람에 지는 벚꽃을 보면 늘 환상에 젖곤 했는데 어느 날은 언니가 칼미아꽃을 벚꽃이라고 우기기도 했다. 그러면 나도 언니처럼 그 꽃이 벚꽃이라고 생각해야 했다. 그것은 영원한 수수께끼였다. 칼미아꽃이 벚꽃이라고? 그 수수께끼만 풀면 언니는 정상인이 될까. 그러나 이번에는 분명히 언니와 꽃이 피거나 지는 것을 못 볼 것이 확실했다. 칼미아든 벚꽃이든.

그러지 말아야지 하면서 차에 시동을 걸었다. 벚꽃이 아니더라도 벚꽃이라 여기며 가야만 했다. 머릿속에 꽃이 가득해. 언니의 목소리가 들린다. 언니에겐 활짝 핀 꽃들을 병원 창문에서 바라봐야 했던 날들이 있었다. 언니가 병원 신세를 져야 했던 증상들은 주기적으로 나타났는데, 그래서 해마다 꽃소식이 들리면 나는 언니를 먼저 떠올렸다. 꽃구경을 가자고 해도 언니가 대꾸하지 않으면 언니의 집으로 가곤 했다. 그러고는 언니의 상태를 살펴보면서 병원에 가자고 언니를 꼬드겼다. 아니 설득했다. 머릿속에 꽃이 더 생기기 전에 가자고. 스스로 목숨을 끊지는 않을까 두려워하면서. 그런 해에는 나도 꽃을 마음 편히 보지 못했다.

꽃이 다 지고도 한참을 지나 언니는 신경외과 병동에서 나오곤 했다. 그러고는 아무렇지 않게 벚꽃 구경을 가자고 말할 때면 나는 속이 타들어 가면서도 겉으로는 내색을 할 수 없었다. 해마다 꽃소식이 늘릴 때면 나는 언니를 자주 만났다. 언니와 꽃구경을 실제로 할 수 있으면 얼마나 좋을까. 머릿속이 아니라 언니의 가슴속에, 혼자 좋아했던 칼미아꽃으로 가득 차길 빌었다. 그런 해에는 무사하지 않았던가.

천변에 흐드러진 꽃을 보고 있으니 차가 밀려도 지루하지 않았다. 길가에 일정한 간격으로 나란히 서 있는 나무의 활짝 핀 벚꽃을 바라보며 이 봄을 같이 할 수 없는 언니를 생각한다. 조금만 더 버티었어도 함께 꽃구경도 갈 수 있었을 것인데, 하며 나는 습관적으로 담배를 찾았다. 담배를 피우지 말라던 언니의 말이 떠올라 슬그머니 담배를 손에서 놓는다. 하늘은 어제의 비로 말끔히 씻기었는지 맑았다. 차 창문을 연다. 공기가 상쾌했지만 밀린 차에서 내뿜는 배기가스가 거슬려 창문을 도로 닫는다. 간선도로를 지하화한다는 공사가 막바지로 접어들었는지 길은 어수선했다. 괜히 마음마저 어수선해진다. 마음을 다잡아야 하는데 잘되지 않는다. 꽃을 바라보는 것도 잠시였다. 앞으로 어떻게 살아야 할지 막막한 감정에 순간 휩싸인다. 막막함. 이것이 요즘 너무 자주 나에게 다가온다. 담배에 다시 손이 간다. 어머니가 계시는 요양원으로 향할 때면 항상 이렇다. 어쩔 수가 없다고 스스로 변명하지만 언니의 원대로 담배를 끊을 수 있을지는 모르겠다. 꽃으로 눈을 돌린다. 꽃을 보아도 마음이 어지럽다.

"얘야, 큰일 났어!"
엄마가 거실 소파에 앉자마자 겁먹은 얼굴로 나에게 말했다.
"엄마, 숨 좀 돌리고 천천히 얘기해요."
고개 너머에 사는 엄마는 자주 우리집에 들르곤 했다. 공원 근처로 이사 온 후부터 나는 이사 온 것을 후회하기까지 했다. 특히 봄에는 공원에 핀 꽃을 보고 휴식을 취하기 위해 거의 매일이다시피 우리집으로 왔다. 내가 없을 때나 있을 때나 상관없이 제집 드나들 듯이 와서는 함께 혹은 혼자 늦은 점심을 먹고는 언니와 함께 사는 집으로 가곤 했다. 그날도 엄마는 어김없이 초인종을 눌렀다.

겨우 한숨을 돌린 엄마는 조카가 아빠에 대해 물었다며 이제 올 것이 온 것이라고 어찌 설명해야 할지 모르겠다며 한숨을 쉬었다. 그래서 네 엄마에게 물어보라고 얼버무리고 나에게 왔다는 것이다.

공원의 흐드러진 꽃을 보며 나는 생각했다. 꽃처럼 네가 우리에게 왔다고 말할 수 있을까. 너를 임신했을 때 언니가 말했던 것처럼 너는 꽃의 요정이 보낸 아일까? 언니는 조카의 생부에 대해 세상을 뜰 때까지 단 한 번도 말하지 않았다. 나 또한 궁금했지만 묻지 않았다. 이제 초등학교 고학년인 조카는 이해를 할까. 심지가 깊은 아이니 어쩌면 더 이상 물어보지 않을 수도 있다. 나는 조카가 더 이상 묻지 않기를 바라며 엄마를 안심시켰다. 엄마의 눈물을 보고 싶지 않았다. 아빠 없이 자라는 아이를 바라보며 엄마는 안쓰러움에 남모르게 눈물을 흘리곤 했다.

조카가 태어난 이래 우리집의 금기는 조카의 출생에 대한 것이었다. 조카를 낳고 한 해를 보내며 언니는 나에게 말했다. 별거 중에 낳은 아이를 남편이 호적에 올려주지 않겠다고. 당시에는 여자 쪽 호적에 올리는 방법이 없었다. 무슨 법이 이러냐고 불만을 토로한 적이 있었다. 남편이 아이의 존재를 인정하지 않는다고, 친자확인을 위한 어떤 것 또한 도와주지 않겠다 말했다고……. 결국 해결책을 구하지 못한 언니는 마음의 병을 얻어 신경정신과 신세를 졌다. 해결책은 하나였다. 나는 조카를 내 호적에 올렸다.

언니의 신경 정신과적 증세는 금세 호전되었다. 하지만 그것이 또 다른 아픔의 시작이었다. 머릿속에 꽃이 가득 찼어. 언니의 병은 세상을 떠날 때까지 계속되었다. 나는 봄이 오기도 전 언니의 마음부터 살펴봐야 했다. 언제쯤 봄꽃을 마음 편히 볼 수 있을까.

언니는 이미 수술실에 들어갔다고 간호사가 말했다. 병실 창밖엔 눈이 펄펄 내리고 있었다. 가뜩이나 심란한 마음에 눈까지 내리니 마음은 더욱 심란해졌다. 창밖의 하늘은 어둠이 내릴 시간이 아닌데도 거무죽죽한 색을 띠고 있었다. 습기를 머금은 눈은 점점 커다란 눈송이가 되어 바람에 휘날렸다. 병실만 아니라면 나는 십삼 층에서 내려다보이는 창밖의 풍경을 감상했을지도 모른다. 올겨울의 마지막 눈일지도 몰라. 하며 쓸쓸해했을지도 모르겠다. 그러나 6인용 병실의 어느 누구도 창밖을 내다보는 사람은 없었다. 환자도, 보호자도, 함박눈에 신경을 쓸 만큼 마음의 여유가 없는 것이리라. 그래선지 병실은 조용했다. 문 쪽의 커튼 안쪽에서 소리를 죽이며 낮은 목소리로 소곤거리는 음성뿐, 그 소리조차도 눈바람 속에 묻힌 듯 창가 쪽의 나에겐 웅성거림으로 들렸고 관심조차 기울여지지 않았다.

이번 수술은 잘 될 수 있을까. 창백한 시트가 나를 맞았다. 시트의 주름을 펴며 나는 혼자 중얼거렸다. 잘 돼야지. 지난번처럼 의사의 실수가 있으면 안 되는 것이었다. 베개를 똑바로 놓고 이불을 개키고 슬리퍼를 반듯하게 정리했다. 개인용 장에서 성경책을 꺼내 침대에 놓고 핸드폰으로 사진을 찍었다. 흰색 베개에 자줏빛 성경책은 눈에 띄었다. 흔한 검은색이 아니었다. 어쩌면 혼자 수술실에 들어가면서 수술이 잘 되기를 특별히 원했을지도 모르겠다. 언니다운 생각이었다. 조카에게 필요한 사진일 지도 몰라. 하필이면 왜 이런 날 늦은 거야. 수술 시간을 지키지 못하고 늦게 온 나를 탓해야 했다. 교인은 아니지만 무사히 수술이 마쳐지기를 신께 잠깐 기도했다. 불안한 마음이 가라앉는 듯했다. 이럴 땐 누군가라도 옆에 있었으면 좋았을 텐데. 혼자 빈 병실에 있기가 싫었다. 전엔 이런 적이 없었는데 나이가 들어서인가 허전한 마음을 함께 나눌 사람이 있었으면 했다. 일찍 돌아가신 아버지가 그립다. 약해져선 안 돼. 나는 시트를 쓰다듬었다. 언니의 온기라도 느끼고 싶었던 것일까. 마음과 딜리 입에선 가볍게 한숨이 나왔다. 후우.

이번엔 병원 문을 스스로 밀고 나갈 수 있겠지. 암 덩어리는 떼어내면 되는 것이니까. 작년에는 자궁과 난소를 들어내더니 이번엔 갑상샘을 떼어내야 한다고 의사는 말했다. 갑상샘암은 암축에도 들지 않는다고들 했다. 그러나 언니의 경우 수술을 미룰 수 없을 만큼 종양이 크다며 의사는 더 이상 물러나지 않았다. 언니는 항상 그랬다. 병을 숨기고 키워왔다. 병만이 아니고 인생도 그렇게 살아온 것이 아니던가. 오랜 시간을 언니 곁에 살면서도 언니를 잘 안다고 생각했던 것은 나의 오산일까? 그렇지만 어째서 나에게까지 병을 숨긴 것일까. 알 수 없다. 혼

란스러웠다. 나는 성경책을 옆으로 치우고 침대에 누웠다. 피곤했다. 언니가 원하든 원치 않든 언젠가부터 언니의 뒤치다꺼리를 하는 것은 항상 나였다. 점심을 굶은 탓인지 갑자기 허기가 몰려왔다. 걱정하는 마음과 달리 위에선 꼬르륵 소리까지 났다. 긴장이 풀려서인지 졸음이 몰려왔다. 나는 커튼을 치고 침대에 누웠다. 눈이 저절로 감겼다. 이러면 안 되는데 하면서 깜박 잠이 들었나 보다. 커튼을 젖히는 소리에 잠이 깼다.

"이모, 엄마는 수술실에 들어갔어?"

회사에서 조퇴하고 온 조카가 근심 어린 표정을 지으며 말했다.

"응, 조금 전에 들어갔어."

나는 침대에서 몸을 일으켰다.

"이번엔 이모에게 신세 지지 않으려 했는데 또 신세를 지고 말았네."

조카는 미안한 표정을 지으며 말했다.

"신세는 무슨, 당연한 일을 가지고."

나는 미소를 띠며 말했다.

"이모, 고마워. 그동안 이모 너무 힘들었지?"

조카는 목소리에 힘을 주며 정색을 하고 말했다. 조카에게 고맙다는 말을 듣는 것은 처음이었다. 얘가 언제 이렇게 컸지? 우리는 이심전심의 눈길을 주고받았다. 괜찮아, 너는 할머니까지 돌보고 있는데……. 내 눈에 눈물이 글썽거려졌다. 나를 이해해 주는 사람이 생겼다는 것은 고마운 일이나 조카에게 짐을 지워서는 안 되었다. 오늘은 할머니가 혼자 집에 있어야

해. 내가 엄마 병원에 있다고 했더니 걱정하지 말라며 하루나 이틀 정도는 얼마든지 혼자 지낼 수 있다고 자랑까지 하던걸? 여인 삼인방이 사는데 이까짓 것은 아무것도 아니지. 그렇지 않아? 조카는 농담까지 하며 스스로를 위로했다. 여인 삼인방 이란 할머니, 딸, 손녀가 한집에서 살아간다고 하여 조카가 붙인 애칭이었다. 조카는 어느덧 이십 대 후반이 되어있었다.

시간이 무서워지기까지 했다. 병실에 꽃을 가져오면 안 된다는 규칙을 뻔히 알면서도 조카는 프리지어 한 묶음을 창가 귀퉁이에 놓았다. 여기는 다른 사람의 눈에 띄지 않으니 괜찮을 거야. 엄마가 수술하고 병실에 들어와서 꽃을 보면 좋아할 것 같아서 가져왔지. 간호사에게 들키지 않도록 조심해. 하며 꽃을 받아 코에 가까이 들이밀었다. 꽃향기는 머리까지 맑게 하는 듯했다. 잠깐이지만 불안감에서 벗어날 수 있었고 조카와 함께 이 시간을 함께할 수 있다는 것에 나는 행복감까지 느꼈다.

"밥 먹으러 가자, 너도 배고프지? 오늘은 종일 굶었네."

나는 짐짓 명랑한 척하며 말했다. 사실 조카를 보자 마음이 가벼워졌다. 엘리베이터를 타며 조카는 내 손을 꼭 잡았다. 그러나 우리 밥 먹어도 되는 거니? 라고 나는 말 할 수 없었다. 불안이 내 몸에 가득했다. 아마 조카도 그러하리라.

사실 이번의 수술이 언니에게 처음은 아니었다. 제왕절개, 자궁과 난소 제거 수술, 몇 번의 신경정신과를 다닌 것 등 병력이 화려했다. 병을 키워 더 이상 어쩔 수 없게 되었을 때야 병원에 들어갔다. 언니는 인생의 고비마다 병원으로 도망치듯

달아났던 건 아니었을까. 그렇다고 언니가 스스로를 잘 돌봤던 건 아니다. 마지막에 도망치듯 찾아간 곳이 병원이었을 뿐, 언니는 원래 자신의 병을 꽁꽁 숨기기 일쑤였고 자신의 상태를 잘 알려 들지 않았다. 자궁의 물혹도, 이번의 갑상샘암도 그랬다. 자기 몸은 자신이 제어할 수 있다고 믿는 바보 같은 언니였다.

몸 안의 것을 제거하는 것은 그래도 나은 편에 속했다. 그러나 머릿속에 든 꽃을 어떻게 떼어낼 수 있단 말인가. 신경정신과 의사와 마주 앉아 보호자로서 상담할 때가 나는 가장 곤혹스러웠다. 무엇을 이야기한단 말인가. 자라온 과정? 결혼 생활? 물론 초짜 의사만 만나지 않으면 그런대로 넘어갈 수 있었다. 능력이 있는 의사는 보호자를 배려했다. 그러나 의욕만 앞서는 의사를 만날 때면 정말이지 뺨이라도 한 대 갈겨주고 싶은 것을 참아야 했다. 가족 간의 우호 관계가 병을 고칠 수 있는 유일한 해결책이라도 된단 말인가. 끊임없이 같은 질문을 해대는 통에 나는 기진맥진할 정도였다. 특히 응급실의 환자 대응 시스템은 보호자까지 입원할 지경에 이르게 만드는 것 같았다. 똑같은 대답으로 진이 빠질만하면 그제야 입원을 시키는 것이었다. 그러나 입원한 지 이삼 주가 지나 퇴원하고 집으로 돌아와서는 천연덕스럽게 아무 일도 없었던 듯 일상을 열심히 사는 언니를 보면 언니가 환자였던 사실이 믿기지 않았다.

나는 언니에게 병의 원인을 정확하게 물어보진 못했다. 캐물으면 어떤 대답이 나올지 나도 두려웠다. 왜? 라고 물으면 구두코만 바라보던 언니였다. 언니의 병은 잠도 자지 않고 먹지도 않고 끊임없이 자신의 얘기를 하는 것이었다. 얼토당토 않은 주장을 할 때면 내가 알고 있는 언니가 아니었다. 머릿속에 꽃이 가득했다. 병원에 가야 할 때가 온 것이다. 그러나 그이야기 속엔 언니가 하고 싶은 이야기가 있었다. 다른 사람에게 모욕적인 말을 들었을 때 언니는 참을 수가 없었던 것이다. 조카가 어렸을 당시, 혼자 아이를 키우며 사는 여자들을 우리 사회에선 정상인으로 보지 않는다는 사실을 언니는 몰랐을까. 어쩌면 언니에겐 남편과 시집 식구들 눈치를 보며 살아가는 내가 한심해 보였을 수도 있었겠다. 언니가 나보다 더 당당하게 사는 것은 아닐까. 신경정신과 병동을 드나들면서도 직장생활과 가정생활을 병행하는 언니가 부러웠었는지도 모르겠다. 딸을 키우며 심지어 엄마까지 책임을 지는 언니에 비하면 내 생활은 초라해 보일 지경이었다. 자신의 감정을 누르고 숨기며 살아온 나보다 더 용감하게 살아온 것은 아닐는지.

고척교를 지나자 차가 다시 밀렸다. 주차장이나 다름없는 도로에 있자니 다시 담배에 손이 갔다. 담배를 피우지 말라던 언니의 말이 들려오는 것 같아 담배에 가던 손으로 운전대를 잡는다. 시선을 돌리니 천변에 꽃이 가득하다. 비가 내리면 꽃은 떨어질 것이다. 꽃은 피자마자 바람에 흩날리며 떨어질 것이다. 나무에 달려있을 때보다 떨어질 때가 더 아름다운 꽃. 언니에게는 그런 순간이 있었을까. 있었다면 언제일까. 나와 구두를 사던 때였을까. 아니면 자신의 의지대로 아이를 갖고 낳

앉을 때일까. 나는 담배를 입에 물었다. 벚꽃처럼 활짝 핀 인생이 언니에게는 있었을까.

　새로 옮긴 사무실은 대로변에 있지 않았다. 작은 골목길을 들어서면 낡은 한옥 기와집을 끼고 돌아 골목길을 걸어가다 보면 골목 중간쯤에 새로 생긴 구둣가게를 지나치게 된다. 가지런히 진열돼 있는 구두는 남성용이었다. 언제부터 눈에 띄었는지는 기억에 없다. 전에는 사진으로 무얼 만드는지 바깥쪽에서 보면 검은 장막이 쳐져 있었다. 구둣방에서는 블라인드 대신 대형 브로마이드를 걸어놔 처음 봤을 때는 사진과 관련된 곳인가, 하는 생각을 했었다. 지나가는 사람들에게 아무것도 보여주기 싫어하는 주인의 취향인지 작업을 위한 목적인지가 궁금했다. 그렇다고 짐작만 할 뿐 왜 밖을 향해 자신을 나타내지 않는지 잠시 궁금했지만 시간이 지나면서는 관심조차 가지 않았다. 물론 그렇다고 내가 할 수 있는 건 없었다. 안에 들어가 따져 물을 수도 없었기에 그저 나대로의 짐작만 하고 말았을 뿐인데, 그마저도 시간이 지나면서 심드렁해지고 말았다. 그래서 난 항상 잰걸음으로 그곳을 지나치곤 했다. 그런데 언제부터인지 골목으로 난 유리창에 손으로 만든 구두가 가지런히 놓여 있는 것을 볼 수 있었다. 이런 골목에서도 장사가 되는 건지 궁금했지만 한편으로 요즘은 SNS가 잘 발달해 사람 드문 곳에 있다고 해서 장사가 꼭 안될 거라는 생각은 기우에 불과할지 몰랐다. 변화를 받아들이기가 쉽지 않은 나이 탓도 있겠지만 골목길 풍경이 바뀌는 걸 원치 않았다. 숨어있듯이 골목 끝에 박혀있는 작은 카페도 계속 있어 줬으면 좋겠다고 생각하며 나는 구둣가게를 들여다보았다. 그건 어쩌면 조카에게 받은 구두가 생각났기 때문일 것이다. 핸드폰으로 보내온 사진 속의 구두와 똑같은 구두를 맞추고 싶었다. 그러면 어쩌면 예전처럼 언니의 말이 들려올지도 모른다. 첫 월급 탔어, 나와라, 하고 말이다. 나는 며칠 전을 떠올렸다.

조카가 보내온 택배를 받았다. 언니가 떠난 후 간간이 문자나 주고받았을 뿐 메일 한 번 보낸 적 없던 조카였다. 상자를 열었다. 메모와 함께 구두가 들어있다. 메모지엔 이렇게 적혀 있었다. '이모, 엄마 유품을 정리하는데 장롱 맨 위 칸에 상자가 있어. 엄마에게는 뜻깊은 물건이었나 봐. 이모가 생각났어. 나도 당분간은 혼자 있고 싶어요. 이모처럼.'이라고 적혀 있었다. 아마도 조카는 엄마를 잃은 슬픔을 추스를 시간이 필요했으리라. 구두를 꺼내어 살펴보니 낡고 군데군데 흠집이 나 있으며 뒤축은 거의 닳아 신으려고 간직한 게 아님은 확실했다. 다만 겉은 낡았으나 구두 표면은 반질반질 윤이 나 있었다. 무언가를 기억하기 위해 오랫동안 보관한 것이라고 여겨졌다. 구두를 이리저리 살펴보면서 나는 상당히 오래된, 그렇지만 잊히지 않는 기억의 한 끄트머리에서 언니를 불러낼 수 있었다.

"첫 월급 탔어, 나와라."

언니는 '첫, 월급'이란 말에 힘을 주었다. 언니의 들뜬 목소리 때문만은 아니었지만 나 또한 기쁘기가 이루 말할 수 없었다. 대학에 들어갔지만 겨우 등록금만을 낸 형편이었다. 중학교 때부터 서서히 기울어 가는 집안 형편은 나날이 나빠져 갔다. 대학에 들어갔어도 형편은 나아지지 않았다. 나아진 거라곤 그 많았던 빚을 거의 청산했다는 것 정도였을까. 학업에 방해가 된다고 언니는 집안 사정을 알려주지 않았다. 내가 직접 부모님에게 물어보진 못했다. 대학 진학에 영향을 끼칠까 두려웠다. 전공 서적도 청계천의 헌책방을 온종일 돌아다니며 가장 싼 곳에서 샀다. 여기저기 과외를 부탁했지만 가르칠 만한 학생도 들어오지 않았다. 그런 나날들이 이어졌다. 나의 생활은 우울하기만 했다. 돈이 궁하니 미팅은 거의 나갈 생각을 못 했다. 어쩌다 나가면 밥값을 내지 않으려고 싫어도 미소를 짓곤 했다. 그러던 중 언니가 작은 제약회사에 들어갔다고 알려왔을 때 나는 식구들 몰래 얼마나 기뻐했던가. 그때는 아무리 약학대학을 나왔어도 여자가 직업을 갖는 것이 쉽지 않은 현실이었다. 의지할 사람은 언니밖에 없었다.

명동에 하나둘 네온사인이 켜지면 내 마음속에도 하나둘 불이 켜지곤 했다. 어두워질수록 빛나는 그 무엇이 가슴속에 자리 잡곤 했는데 그 불빛들은 무엇이었을까. 지금 생각해 보면 그건 청춘의 빛이 아니었을까 하고 머리를 갸웃거려 본다. 무어라고 말할 수 없는 그 어떤 것이 가슴속을 가득 채웠던 시절. 세상은 시시했다. 그래서일까. 빛의 화려함에 따라 나는 그즈음 명동 나들이를 자주 했다. 그냥 쇼윈도를 보면서 거리를 걸었다. 하릴없이. 시간은 왜 그렇게 많았는지. 아니 시간이 더디 갔는지도 모른다. 바쁘게 걷는 사람들 사이에 언니가 보인다. 반갑게 만난 우리는 함께 구두 거리로 들어섰다. 수제화 공장이 아닌 브랜드 회사에서 나온 구두들은 그 당시 디자인이 앞서 있었다. 유행을 이끌었다. 지금도 생각나는 구두회사들. 금강제화, 에스콰이어, 엘칸토 아마도 언니와 나는 나란히 붙어 있는 이 가게들을 들렀을 것이다. 그리고 언니는 이렇게 물었겠지. 여기 있는 여자 구두 중에서 제일 큰 구두는 몇 밀리미터인가요, 라든가 255밀리 여자 구두 있어요? 라고. 언니는 나와 달리 키가 크고 발은 더욱 컸다. 너는 발이 작으니까 어느 것이라도 살 수 있어 좋겠다. 마음껏 골라봐. 언니의 발 크기에 맞는 구두는 없었다. 여러 곳을 헤매고 나서야 하나밖에 없다는 구두를 샀다. 감히 디자인은 고를 수도 없었다. 그냥 발 사이즈만 맞으면 그만이었다.

지금은 핸드백이 옷차림의 마지막이라고 하듯 당시에는 구두가 옷차림에 마침표를 찍었다. 나는 빨간색의 7센티미터 굽이 있는 구두를 신어 보았다. 그건 걷기 힘들 걸, 굽이 낮은 걸로 골라봐. 태어나서 처음으로 이것저것 신고 싶었던 구두들을 마음껏 신어보았다. 그래, 그걸 사. 지금도 들려오는 언니의 목소리. 그리고 우리는 무엇을 했던가. 거리를 쏘다녔고 한일관에 가서 냉면과 비빔밥을 먹었지. 그러고는 밤늦게 집으로 돌아왔던 기억. 우리의 가장 아름다웠던 그날. 그날 이후 언니의 삶은 신산했다. 구두를 산 그해 언니는 결혼하여 내 곁을 떠났다가 십 년 만에 다시 돌아왔다. 가부장제와 결혼생활의 불합리성을 견디지 못한 언니는 병을 얻었고 나는 그 곁을 내내 지켰으나 다시는 언니와 기쁨을 나눌 기회를 갖지 못했다.

핸드폰으로 구두를 찍고 명동으로 나갔다. 아직도 금강제화만이 그 자리를 그대로 지키고 있을 뿐 거리풍경은 바뀌었고 중국 관광객이 물러간 거리는 한산했다. 밖을 향해 진열된 구두를 꼼꼼히 그리고 열심히 찾으며 언니가 간직했던 구두와 비슷한 구두를 골라 신어보았다. 굽 낮은 구두는 편안했다.

"첫 월급 탔어. 나와라."

어디선가 목소리가 들려온다. 나는 스무 살의 나를 찾아 거리를 헤매고 있는 내 모습을 바라보며 두 눈을 감았다. 나를 향해 뒤를 돌아보며 앞서서 걸어가는 언니의 뒷모습이 보인다.

면회 신청을 하고 휴게실에서 어머니를 기다리면서 나는 계속 망설였다. 가방에 넣어 온 봉투를 꺼내어 본다. 어찌할까. 어머니에게 큰딸의 죽음을 알리지 말라고 조카는 신신당부했지만 나는 어떻게든 알리고 싶다. 비록 어머니가 조금 전에 먹은 반찬이 무엇이었는지 오늘이 며칠인지 기억하지 못할지라도 언니와의 작별은 해야 한다고 생각했다. 언니는 어머니에게 귀한 딸이었고 언니에 대한 어머니의 사랑과 정성 또한 나와 다르게 각별했다. 태어나서 한 해도 채우지 못하고 죽은 아들이 있었기에 그다음에 태어난 언니를 아주 귀하게 여겼다. 어머니와 언니는 아주 단단하게 묶여있었고 나는 주변인에 불과했지만 나는 한 번도 어머니의 나에 대한 사랑을 의심해 본 적은 없었다. 어린 시절의 기억을 떠올려 보면 어머니는 좀 특별한 사람이긴 했다. 여느 어머니와는 달랐다. 어머니는 무엇을 하라고 명령을 한 적이 없다. 나에게 어떤 기대도 하지 않았다. 하지만 내가 원하는 것은 거의 다 들어주려고 애를 쓰고는 했다. 하지만 나 또한 어머니에게 무엇을 원한다고 얘기한 적도 거의 없었다. 그러나 어머니의 기억이 점점 없어지면서 어

언니의 꽃

머니는 나에게 요구하곤 했다. 돈을 좀 달라고.

"돈은 왜요?"

나는 정말 이제는 어머니가 많이 아프다고 확신했다. 어머니는 필요한 것이 있으면 빙빙 돌려서 얘기하고는 했다. 친구를 만나는데 음식값이 비싸다거나 입고 나갈 옷이 변변치 않다고 말하는 식이었다.

"으응, 헌금을 내려고 하는데 돈이 없어. 천 원짜리 몇 장만 주고 가. 여기서도 일요일에는 예배를 볼 수 있거든."

자원봉사를 하는 목사님이 매주 일요일이면 짬을 내어 온다는 것이다. 어머니는 칠십이 넘어서 교회에 등록한 신자이기도 했다. 나는 지갑을 열어 내가 갖고 있는 천 원짜리 지폐를 모두 드렸다. 어머니의 얼굴이 환해졌다.

"요즘 네 언니가 통 오지를 않는데 무슨 일이 있니?"

드디어 내가 걱정하던 말을 어머니가 먼저 꺼냈다.

"아파서 병원에 있어요."

나는 어머니가 눈치를 채지 못하게 심드렁하게 대답했다.

"그래, 또 머릿속이 꽃으로 가득 찼다고 하디? 다 나으면 얼굴을 볼 수 있겠지?"

어머니는 걱정스러운 얼굴로 말했다.

언니는 병과 함께 살았고 어머니는 항상 딸을 걱정했다. 딸의 마음을 살폈다. 조금이라도 이상이 있으면 나에게 전화하는 것이 어머니의 임무라 여겼고 실제로도 그러했다.

마련해 온 과일을 같이 먹으면서 어머니의 눈치를 살폈다.

"애야, 왜 이렇게 목숨줄이 긴지 모르겠다. 나는 이제 그만 가고 싶다.”

어머니는 만날 때마다 하는 말을 지금도 여전히 하고 있다.

“잠잘 때마다 기도하고 있죠? 잠들 때 데려가 달라고요.”

나도 매번 같은 대답으로 응답했다. 아직 어머니의 정신이 올바르다고 여겼고 안심했다.

어머니의 소원이 언제 이루어질지 알 수는 없지만 다만, 지금은 아닌 것이다.

“엄마, 손 좀 줘 봐요.”

나는 가방에서 봉투를 꺼내 열었다. 그리고 어머니의 손에 하얀 가루를 쥐여주었다. 어머니는 말이 없다. 가루를 보고 나를 쳐다보았다. 순간 휴게소의 공기가 흐름을 멈춘 듯했다. 숨소리조차 낼 수 없었다. 아주 짧은 순간이었다. 정말 이상했다. 나는 어머니가 무슨 말을 할까 두려웠다. 어머니의 눈을 보았으나 별다른 기색은 찾아볼 수 없었다. 내 손에 있던 봉투에 가루를 넣으며 힘없이 말했다.

“휠체어 밀어다오. 너도 바쁠 테니 이만 가거라.”

어머니는 하얀 가루가 언니의 뼛가루라는 것을 알았을까. 과거는 또렷이 기억하지만 현재를 기억하지 못하는 것이 차라리 더 나을지도 모르겠다. 아무리 나이를 많이 먹었다고는 하지만 자식의 죽음을 알기를 나는 바랐다. 조카는 자식이 죽은 것을 알면 할머니가 상심해 돌아가실지 모른다고 내게 언니의 죽음을 알리지 말라고 했지만 나는 그렇게 생각하지 않았다. 부모라면 마땅히 어떤 방식으로라도 자식과 작별을 해야 했다. 그리워만 하다가 죽음에 이르기를 바라지 않았다. 어머니가 언니를 기다리지 않기를 바랐다. 그러나 생각은 그렇더라도 내 마음이 편했다는 것은 아니다.

언니가 갑상샘암 판정을 받고 수술을 하고 항암치료를 받는 동안 어머니가 주방에서 살짝 미끄러졌다. 젊은 의사는 고관절이 부러졌다며 수술을 권했고 언니는 망설였다. 언니 자신의 병은 조금씩 나아지는 중이었다. 휴가 기간이 지나 언니는 다니던 직장에 다시 나갔다. 다행히도 어머니의 수술은 잘 되었고 퇴원하여 요양병원에서 물리치료를 받고 점점 나아졌다. 일상은 다시 활기를 되찾았으나 어머니의 병원비는 언니가 감당할 정도를 넘어서고 있었다. 언니는 내 신세를 지기 싫어했다. 환자복을 입은 어머니가 보기 싫다며 집이 아닌 요양원으로 어머니를 옮겼다. 어머니의 문제에 있어서는 항상 언니의 의견이 우선이었다. 나는 어떤 의견도 언니에게 말할 형편이 못 되었다. 어머니를 모시는 것은 언니였으니까. 그리고 둘의 관계는 무어라 말로 설명하기 어려운 깃이 있었다. 나는 그 틈에서 외로웠다.

언니가 육체의 병을 얻게 되자 꽃 타령이 없어졌다. 병이 한꺼번에 오지 않아 다행이었다. 언니는 퇴근하는 길에 매일 어머니를 찾아갔고 나는 안심했다. 우리는 새로운 환경에 서서히 적응해 갔다. 안심하고 방심해서일까. 언니의 병은 갑자기 악화되었다. 모든 것은 갑작스레 시작됐다.

서울 근교에 있는 P시에 생각보다 일찍 도착했다. 내비게이션이 가르쳐 준 길은 어릴 적부터 다니던 길이 아니었다. 군에서 시로 승격하며 고속도로까지 생긴 줄을 이제야 알게 되었다. 나의 무심함을 탓해야 한다. 근처에는 아파트까지 들어섰으나 사람의 발길이 닿지 않는 이곳은 고요하기만 하다. 밤나무가 많은 숲에 햇볕이 따스했다. 햇빛을 맞으며 숲을 지나 조금 걸어 들어가니 작고 아담한 무덤이 나를 반긴다. 거의 십 년 만이다. 언젠가부터 잊고 살아왔다. 너무 오래되었다고 잊히는 것은 아니지만 그동안 이곳을 찾지 않았다. 아버지가 말없이 나를 내려다본 후 돌아서서 걸어가는 꿈을 꾸고 난 후부터 나는 이곳에 오지 않았다. 이제는 영원히 내가 사는 세상에는 돌아올 수 없다는 어떤 느낌이 확 들었다. 어제 꾼 꿈에서 언니 또한 마찬가지였다. 말없이 서서 나를 바라보더니 몸을 돌려 나를 등지고 걸어갔다. 나는 떠나가는 언니의 뒷모습을 안타깝게 바라보고만 있었다. 아침에 일어나 그동안 고이 간직하고 있던 봉투를 찾았다. 납골당으로 옮겨지기 전에 담아 온 언니의 마지막 몸이었다. 언니, 나는 가만히 불러보았다. 아버지와 편히 쉬어. 가루를 아버지의 무덤 위에 뿌렸다. 순간 눈물이 기다렸다는 듯이 거침없이 흘러내렸다. 비처럼.

길에는 꽃들이 바람에 흩날렸다. 눈이 오는 것처럼 아름다웠다. 저 꽃을 언니와 함께 보지 못하더라도 같이 본 것이나 다름없다고 그렇게 생각해야 한다. 그것이 언니의 마지막이라 여기며 나는 액셀 페달에 힘을 준다.

도로는 한적했다. 이제, 머릿속에 꽃이 가득 찼다는 전화는 걸려 오지 않을 것이다. 호기심 어린 눈초리로 바라보는 이웃도 없을 것이다. 사는 궁리도 하지 않을 것이다. 언니는… 그러나 나는 영원히 말동무를 잃어버렸다. 속마음을 나눌 사람도 없다. 어머니와 나를 바라보는 가족을 안심시켜야 한다. 그러나 지금은 나도 언니와 아버지가 있는 곳으로 가서 같이 살고픈 마음을 떨쳐 버릴 수가 없다. 세상에 혼자 남은 아이의 심정이 되고 만다. 돌아오는 차 안에서 나는 내가 흘렸던 눈물의 뜻을 그렇게 해석했다. 눈물 끝에 살아야 한다는 강한 열망이 마음속으로부터 차올라야 하는데 뜻대로 되지 않는다. 한적한 도로에서 길을 잃을 것만 같다. 지금 길에서 벚꽃을 보고 있지만 실은 내 마음속 깊은 곳에는 칼미아꽃이 있었다. 그것은 첫 월급 탔어, 나와라, 하는 언니의 목소리였다. 나는 무덤 옆에 피어있을 칼미아꽃을 머릿속으로 그려본다. 산소에 어울리지 않더라도 다음에 올 때는 칼미아꽃 작은 묘목 두 그루를 가져오리라. 벚꽃 대신 칼미아꽃 두 그루를 보아야 했다. 벚꽃이 진 뒤 피어나는 두 그루의 화려한 칼미아꽃. 모든 꽃이 사라진 다음에 볼 것이었다. 그리고 나는 조용히 불러본다.

칼미아.

길가에 핀 꽃이 바람에 나부낀다.

그 나무

그 나무

　천장을 향해 반듯하게 누운 그가 낯설다. 수염 때문일까. 구레나룻에 이어신 턱수염과 콧수염이 얼굴의 반을 덮고 있다. 콧날만이 오뚝하다. 지친 얼굴이 피로해 보인다. 늙어가는 그와 젊지도 늙지도 않은 내가 함께 있는 방에 거리의 불빛이 희미하게 비춘다. 불빛을 따라 창 쪽으로 눈길을 옮긴다. 가로등만이 불을 밝히고 있는 거리는 고요하고 적막하다. 몇 시인가. 시간을 짐작할 수 없다. 시계를 보기 위해 눈에 힘을 준다. 눈에 힘이 들어간 탓인지 잠은 천천히 물러간다. 방은 아주 어둡지만은 않다. 거리에서 들어오는 빛이 방을 따스하게 비춰주고 있다. 따뜻하다고 느끼고 싶다.

　젊었을 적 그는 지친 얼굴을 보인 적이 없었다. 그의 얼굴에서 이제는 젊은 시절의 모습을 찾을 수가 없었다. 파리에서 돌아온 그가 혼자 살고 있다는 것을 안 순간 나는 여행 계획을 순식간에 세워 버렸다. 당일 코스로 여행을 가자고 말했을 때 그는 순순히 머리를 끄덕였다. 이상한 일이었다. 어떻게 내가 그런 일을 저질렀는지 나 자신도 이해할 수 없었다. 그러나 같이 자면서도 그는 나를 안지 않았다. 그의 행동을 무덤덤하게 지나칠 만큼 인내심이 강하지 못한 나는 잠을 쉽게 이룰 수 없었다. 몇 시간 전 개펄에서의 입맞춤은 무엇이란 말인가. 내 어깨만큼 자란 갈대숲에서 그가 먼저 나에게 입을 맞추었다. 그의 뒤에 나무는 없었다. 대신 갈대가 있었다. 흐린 하늘은 점차 어두워져 갔으나 내 마음은 맑음이었다. 그도 나처럼 갈대에 취했던 것일까. 그의 거친 턱수염 감촉이 생생하다.

곤히 자고 있는 그의 얼굴을 보자 착잡한 마음이 드는 것은 어쩔 수 없었다. 창밖을 바라보았다. 할 일도 없었다. 거리에는 사람 하나 지나다니지 않았다. 얼마나 기다려 온 하루였던가. 어쩌면 무엇인가를 할 수도 있다는 기대는 내내 나를 얼마나 설레게 했는가.

한 달 전, 엽서를 받았다. 뜻밖이었다. 아직도 엽서를 보내는 이가 있다는 사실이 놀라웠다. 에펠탑이 그려져 있었고 보낸 사람은 김환 선생이었다. 그가 파리에서 엽서를 보낸 것 또한 뜻밖이었다. 잘 있느냐는 안부와 함께 딸의 첫 그림 전시를 보러 프랑스에 왔다는 간단한 내용이었다. 정성 들여 쓴 것이 틀림없는 그의 손 글씨를 보면서 아직도 나를 기억하고 있다는 것에, 엽서까지 보냈다는 것에 한참 동안 떨렸다. 그를 다시 만난다면, 예전의 열정이 찾아올 것 같아 들뜨기 시작했다. 기대는 나를 설레게 했다. 나는 이십 년 전의 날들을 떠올렸다.

그를 만난 것은 삼십 대 중반이었다. 당시 아이 둘은 건강하게 잘 자라고 있었고 경제적으로도 안정되어 갈 때였다. 육아에서 벗어나 시간이 생길 때쯤 사회 전반에 걸친 강의를 하는 단체에 등록했다. 지식에의 갈증에 목말랐던 나는 거의 모든 강좌를 물을 빨아들이듯 내 몸에, 내 머리에 받아들였다. 강의가 끝나자 나는 다시 혼자가 되었다. 강의 수료식을 마친 후 친하게 지냈던 강사 한 분에게서 성경 공부를 하지 않겠느냐는 전화를 받았다. 즉시 수락했다. 아이만 바라보며 살던 때라 사람이 그리웠다. 교사인 친구들은 직장과 육아에 전념하느라 시간을 낼 수 없었다. 겨우 여름방학과 겨울방학 때만 만날 수 있었다. 그때 성경 공부를 이끌던 사람이 김환 선생이었다.

그는 지금 서울 근교에서 사진 작업을 하며 글을 쓴다고 조심스럽게 말했다.

"잘 있었어?"

언젠가 그가 전화했을 때 나는 병원에 입원 중이었다. 그날도 전화 내용은 간단한 안부로 시작되었다. 잘 지내고 있다고 대답하면 더 이상 할 말이 없었다. 나도 그처럼 잘 지내고 있느냐고 되묻는 것으로 대화를 이었다. 사진을 여전히 찍고 있냐고 하면 간단한 대답이 돌아왔다. 응. 그리고 대화는 끊어졌다. 사진 전시를 하고 사진작가로 활동한다고 지난번 전화에서 말한 것을 기억해 냈다. 그의 말투는 항상 어눌했고 말을 더듬었으며, 느리게 말했다. 어린 시절 외국에서 자란 그는 나이가 들어서는 우리말을 아주 천천히 했다. 나는 항상 그의 말을 기다리곤 했다. 그러나 이번에는 그렇지 못했다. 잘 지내지 못하고 있다고, 빠르게 대답했다. 넘어진 탓에 어깨 힘줄이 끊어져 수술을 하고 입원 중이라는 대답에 그는 나이가 들어 뼈가 예전처럼 단단하지 못한 것이라고 이제부터는 항상 조심해야 한다고 걱정했다. 그리고 그와 무슨 말을 했던가. 간간이 그의 소식이 궁금하기는 했었다. 대개 일 년에 한 번씩 안부 전화가 걸려와 그나마 그의 소식을 알고는 했는데 언젠가부터 그의 전화가 걸려 오지 않았다. 내가 먼저 전화를 건 적은 없었으므로 그가 전화를 걸어오지 않는 한 그의 소식을 알 수 없었다. 전화를 먼저 거는 것이 어려웠다. 그가 내 마음을 알게 될까 봐 염려되었다. 가끔은 그가 세상을 떠나지는 않았는지 내심 걱정이 되기도 했다. 세월은 어찌해 볼 도리 없이 힘이 셌다. 그도 나도 나이를 먹은 것이다. 백세시대라고는 하지만 살고 죽는 것은 운명에 맡길 수밖에 없는 것 아닌가. 더군다나 내가 교회를 안 나간 이후로는 그의 소식을 알 수 있는 통로도 막혀버렸다. 그와 친하게 지내던 교인을 만날 수 없기 때문이기도 했다.

나는 거의 기억에서 사라지다시피 했던, 김 선생이 소개한 교회를 다녔던 시절을 떠올렸다. 교회를 찾아가기 전, 김 선생이 읽어보라고 준 산문집을 읽었고 드디어 그 집을 방문하기로 마음을 먹었다. 산문집은 종교에 관한 글은 거의 없었다. 책은 읽기엔 지루하였으나 진솔하였다. 성인을 따라 사는 삶, 부처든 예수든 마호메트든 제대로 알아야 그들처럼 따라 살 수 있는 것 아니겠냐고. 그들은 인간의 원형이니 알려면 확실하게 알아야지 어설프게 알다가는 되는대로 유행에 따라 살게 된다고, 내게 말하는 것 같았다.

지하철 출구를 빠져나오니 음악 소리가 귀를 먹먹하게 했다. 어디나 그렇듯 휴대폰을 파는 상점은 시끌벅적했다. 음악이 소음으로 느껴져 약간의 짜증을 참으며 초등학교로 이어지는 골목 쪽으로 걸음을 옮겼다. 역에서 초등학교까지 이어지는 길에는 로데오 거리란 명칭답게 옷 가게가 즐비했다. 옷 가게를 돌아가면 먹자골목이 나오는데 가게들이 아직 문을 열지 않아 골목은 조용했다. 저녁이 되어야만 활기가 넘치는 골목이다. 파리바게뜨, 던킨도너츠를 지나 승리노래방, 그 옆의 건물 일 층에 자리 잡은 회까닥횟집, 영계소문치킨, 고요한찻집을 지났다. 재미있게 지은 상호는 언제 보아도 입가에 미소를 머금게 했다. 각종 아웃렛 매장들, 먹자골목의 음식점들 그리고 다양한 종류의 술집과 인접한 많은 모텔을 일주일에 한 번 산 밑의 그 집을 올라가려면 꼭 거쳐 가야만 했다. 부담스럽다기보다는 화려함에 눈이 즐거웠던 길이었다.

간판이 화려하게 배치된 그곳을 지나면 왕복 2차선 도로가 나왔다. 도로엔 지선버스, 자가용, 교회 승합차 등 일요일인데도 번잡할 정도로 많은 차가 다녔다. 마을버스가 지나다니는 길을 피해 차가 한 대 다닐 만한 좁은 길을 찾아 올라가는 골목길을 나는 윗동네라 부르곤 했다. 아랫동네는 환락가, 윗동네는 사람들이 사는 곳 그리고 산 밑에 자리 잡은 그 집은 내 마음의 안식처. 그 집에 이르면 나는 마음속까지 환해졌다.

그 집을 처음 찾아가던 날, 무작정 길을 나선 터였다. 나는 아이들을 학교와 유치원에 보낸 후 집을 나섰다. 그동안 뭉그적거리고 미적미적 미루었던 일을 행동으로 옮겨야겠다는 생각이 퍼뜩 들었다. 오늘은 꼭 찾아 나서자.

　날은 무더웠다. 역에 내려 초등학교를 지나면서부터 땀을 흘리기 시작했다. 햇빛은 쨍쨍했고 바람은 한 점도 불어오지 않았다. 윗동네로 들어서서는 아예 땀이 목에서 줄줄 흘러내려 가슴골을 적시고 있었다. 갈증이 났으나 가게도 눈에 띄질 않았다. 이리저리 골목을 헤매다 십 분이면 될 거리를 한 시간이나 걸려 집을 찾을 수 있었다. 거친 숨을 쉬며 가만히 있으려니 어디선가 바람이 불어왔다. 시원했다. 갑자기 내 인생엔 언제쯤 이런 시원한 바람이 불어오려나, 평생을 지금처럼 살면 어쩌나 하는 두려움이 몰려왔다. 그에게 무엇을 물으려 여기까지 왔는지 갑자기 멍해졌다. 담장 밖 나무 그늘에 서서 숨을 돌리고 호흡을 정돈했다. 거친 숨결은 차츰 잦아들었고 마음은 진정되었다. 집은 아담했다. 담장 밖으로 나온 나뭇가지가 목련나무라는 것은 훗날 알았다. 개나리 줄기가 담 밖으로 드리워져 있는 것이 오래된 집의 운치를 더해 주고 있었다. 철 대문 옆의 초인종을 길게 눌렀다. 한참을 기다린 후에 누구십니까, 하는 남자의 목소리가 초인종 옆에 붙어있는 인터폰에서 조그맣게 들려왔다.

　무릎 아래까지 내려온 파자마에 흰 러닝셔츠를 입은 남자가 나를 맞이했다. 흰색 모시 파자마 속에 비치는 팬티가 눈에 거슬렸다. 들어오슈. 목소리가 카랑카랑했다. 집엔 아무도 없었다. 신발을 벗고 들어선 거실은 낯설었다. 조그마한 나무 십자가. 십자가 아래 뒤주 위에 놓인 작은 촛대 하나, 피아노, 몇 개의 액자. 검소하기보다는 초라했다. 목사의 방은 앉을 틈도 없었다. 펼쳐진 이부자리, 커다란 앉은뱅이 상위엔 각종 책이 뒤죽박죽 놓여 있었고 방바닥엔 원고지가 어지럽게 펼쳐져 있었다. 그는 원고지를 한쪽으로 밀치며 내게 앉을 것을 권했다.

"책을 읽고 찾아왔어요."

"몇 년 전에 낸, 절판된 책인데…… 그래, 뭘 묻고 싶었던 것이요?"

갑자기 말문이 막혔다. 내가 여기까지 무슨 용기로 왔을까. 출판사에 전화해 겨우 알아낸 주소만 하나 달랑 들고 골목길을 헤매며 집을 찾는 데 골몰하여 질문 내용도 잊어버리고 말았다. 아니 책 저자를 만나니 아무 생각도 나질 않았다. 내가 그를 아주 잘 알고 있는 것 같이 그도 마치 나를 잘 알고 있을 것 같은 착각이 들었다. 우물쭈물하는 나를 보며 종교를 갖기를 원하느냐고 그가 물었다. 난 그만 고개를 끄덕이고 말았다. 교회를 다니려고 온 것은 아닌데 왜 나는 거절을 못 하고 로봇마냥 꼼짝도 할 수 없었을까. 목사라는 권위도 위엄도 없는 남자, 끌릴 것도 없는 파자마 바람의 중년 남자에게 나는 왜 고개를 끄덕거리며 다음 주일에 온다고 약속까지 한 것일까. 알 수 없는 일이었다. 나는 다만 알 수 없는 수수께끼같이 꼬여 있는 내 인생의 답을 얻고 싶었을 뿐이었다. 하지만 현실은 남루했다. 신념대로 산다는 것은 가난하게 산다는 뜻일까. 내가 그를 처음 만난 날, 이야기를 마치고 일어서려 할 때 그의 아내는 막

병원에서 집으로 들어서는 길이었다. 나를 보는 그녀의 눈에 짜증이 묻어 있었다. 피곤한 기색이 역력했다. 나는 재빨리 일어섰다.

그가 몸을 뒤척였다. 혹시 잠에서 깨어나는 것은 아닐까 하여 얼른 내 침대로 돌아와 눈을 감았다. 쌔근쌔근하는 숨소리가 들리는 것으로 보아 그는 다시 잠에 든 것이 확실했다. 반대로 나의 잠은 확 달아났다.

어제 경기도 끝자락에 있는 그의 집에 도착하자마자 출발했는데도 벌써 오후 네 시를 훨씬 넘긴 시간이었다. 서울에서 멀리 떨어진 바다의 개펄을 보고 싶었다. 당일에 바로 돌아가기는 어려운 곳을 택했다. 마음 깊은 곳에서 어떤 꿈틀거림이 느껴졌다. 나는 다른 생각은 하지 말자고 스스로 다독였다. 그는 너무도 순순히 나를 따라왔다. 개펄은 깊은 회색을 띠었다. 그곳에 햇빛이 내리꽂혔다. 해가 비추는 개펄은, 그 연한 잿빛의 풍경은 볼 때마다 나를 황홀하게 했었다. 개펄에 물이 서서히 차오르기 시작했다. 관광객용 망원경을 통해서 보는 바다는 처음이었다. 망원경 속에서 크고 또렷하게 보이는 바다, 햇빛에 비치는 바다, 잔물결의 파도가 일렁이는 바다, 그리고 하늘을 향해 반짝반짝 빛나는 물결의 끝은 은빛 보석이었다. 나는 그 아름다움에 넋이 나갔다. 그러는 사이 어둠이 주위를 감쌌다. 갈대가 무성한 숲에 이르렀을 때 그가 갑자기 걸음을 멈추었다. 그러곤 나를 돌려세웠다. 그의 입술이 나의 입술을 덮었다. 그의 떨리는 몸이 나에게도 전해졌다. 긴 입맞춤이었다.

개펄을 나오면서 그는 푸른빛의 하늘을 담아야 한다며 카메라를 하늘에 들이밀었다. 어느 틈에 나타났는지 별 하나가 빛나고 있었다. 하늘에 눈썹 같은 달이 보일 때까지 그는 계속 카메라의 셔터를 간간이 눌렀다.

집으로 돌아가기에는 시간이 남아 있지 않았다. 나의 계획은 그대로 맞아떨어졌다. 하루를 묵어가기로 했다. 저녁을 먹으면서도 나의 마음은 다른 곳을 헤매고 있었다. 맛있게 저녁을 먹는 그를 바라보면서 나는 한 치의 후회도 들지 않았지만 마음은 파도의 너울처럼 이리저리 흔들렸다.

십 년 전 그와 처음 입을 맞추었을 때 서 있던 나무를 기억한다. 그 나무 아래에서 나는 그에게 입술을 가져갔다. 나의 돌발적인 행동에 그는 아주 조심스럽게 나의 몸을 뗐다. 이 무슨 기괴한 행동이란 말인가. 나 자신도 주체할 수 없는 열정이었던가. 지금 생각해도 얼굴이 화끈거린다. 그의 뒤에 있던 나무가 나를 나무라듯이 지켜보고 있었다. 무안했다. 나무 옆에 있는 팻말에 눈길을 주었다. 팻말에는 나무의 이름과 특징, 나뭇잎의 모양 등이 자세히 적혀 있었다. 회화나무였다. 나무줄기 끝을 눈으로 따라가면 절의 지붕과 높은 하늘이 멀리 보였다. 나무는 키가 크고 둘레도 우람했다. 두 사람이 팔을 벌려야 안을 수 있을 정도였다. 나는 딴청을 부렸다. 부끄럽기도 했다.

"옛날에는 이곳을 회화나무골이라고 불렀데요."

겸연쩍어진 나는 회화나무로 화제를 돌렸다.

"그래서 근처에는 회화나무가 많지요. 선비들이 많이 살아 선비나무라고 불리기도 했다는데요?

그는 내 말을 듣는지 마는지, 관심을 보이지 않으려는지 카메라로 절 풍경을 계속 찍었다.

"대웅전과 불탑, 석등, 목어… 나는 절에 관심을 많이 갖고 있어. 오래된 것들은 묵직한 여운을 주지."

그의 말이 따뜻하게 들렸다.

그가 카메라 렌즈를 나에게로 향했다.

"사진 한 장 찍어줄까?"

나는 그제야 안심했다.

"나 말고 저 나무, 찍어 주세요."

나는 회화나무를 가리켰다.

가만히 회화나무를 보고 있자니 어떤 기억이 떠올랐다. 교회 마당에 있던 나무는 굉장히 컸고 우리는 해마다 추수감사 예배에 쓸 열매를 따고는 했었다. 열매가 무척 컸던 나무였다. 그 집의 나무는 아직도 잘 있을까. 그 나무를 보면 항상 어릴 때의 기억이 떠오르고는 했다. 집안이 빚더미에 앉았던 여고 시절, 학교는 나의 안식처였고 작은 운동장에 있던 단 한 그루의 나무는 내 마음을 위로해 주는 진실한 친구였다. 누구에게도 터놓지 못했던 집안 사정을 나무에게만은 말할 수 있었다. 나무는 나를 다독여 주었고 열심히 공부하라고 격려해 주었다. 절대 옆길로 새지 말라고 말 없는 용기를 주었다. 저녁이 어둑해질 무렵이면 어깨를 펴고 교문을 나설 수 있었던 것도 나무의 힘이었다. 그때 나무와 나누었던 무수한 이야기들이 당시의 나를 곧바르게 해주었다고 믿는다. 비록 내가 지금 그 나무의 이름은 기억하지 못할지라도 그때 그 나무는 나의 나무였다. 저 담 너머에는 아직도 그 나무가 남아 있을까.

그러나 그 시절 나를 곧고 바르게 지켜주었던 그 나무에 대한 기억도 목사님의 경건했던 설교 역시도 조금 전의 내 돌발행동을, 꿈틀대는 내 마음을 잠재우지는 못했다. 어째서일까? 혹시 남편 때문이었을까. 지금 나에게 남편은 어떤 사람일까.

"당신 하나만 조용히 있으면 집안이 조용할 텐데. 원, 쯧쯧."

집에 들어온 남편이 현관을 들어서자마자 나에게 혀를 찼다.

"찔린 데가 있나 보네."

나는 퉁명스럽게 맞받아쳤다. 마음속의 불길이 확 타오르는 것을 참으며 방문을 소리 내어 닫았다. 함께 있으면 감정싸움의 연속일 터였다. 보지 않는 편이 차라리 현상을 유지하는 좋은 방법이었다. 남편의 늦바람은 오랜 기간 지속되었다. 가끔 여자 향수 냄새를 풍기고 왔다. 모른 척하고 지내는 것이 무척 힘들었다. 지금 생각해 보아도 왜 나는 그에게 물어보고 따지지 않았는지 모르겠다. 내 마음속에 다른 남자를 향한 마음이 있어서였을까.

"교회는 잘 다니고 있어?"

나는 순간 움찔했다. 대답할 수 없었다. 교회를 안 나간 지 많은 시간이 지난 후였다. '죽어 있는 자' 가운데서 '살아난 사람'을 믿을 수 없었다. 목사님의 성경 번역은 기존의 성경 번역과 달랐고 나는 항상 의아했다. 어렵기도 했다. 라틴어 성경을 끼고 살았던 목사님의 설교는 특별했고 기존 교단에 항상 비판적이었다. 나에게도 영향을 미치어 내가 남다른 생각을 가진 사람이 되어갔는지도 모른다. 남편이 나를 향해 못마땅한 눈길을 주는 것으로도 알 수 있었다. "네 이웃을 너처럼 사랑하라고 했는데 이것은 '네 이웃을 네 몸처럼 사랑하라'고 번역되어야 하고 '산 자'와 '죽은 자'는 '살아 있는 자'와 '죽어 있는 자'로 번역되어야 합니다. '산 자'라고 하면 육체적으로 '산 자'이지만 '살아 있는 자'는 영적으로 '살아 있는 자'가 된다는 뜻입니다."

나는 아직도 잘 모른다. 그저 겉으로 고개만 끄덕이고는 했다. 목사님 집 거실을 일요일 하루 빌려 쓰는 것으로 교회는 존재했다. 목사님 집이 곧 교회였다. 거실은 너무 좁아서 앞에 있는 목사가 침을 튀기면 앞줄에 앉아 있는 사람이 그대로 튀긴 침을 맞을 정도로 작은 공간이었다. 토끼잠을 자는 사람은 낮에 졸음을 참기가 어렵다. 한밤중에 아들이 화장실에 가는 소리만 들려도 깨고 남편이 몸을 뒤척여도 깬다. 깊은 잠을 자는 경우가 드물어서 낮에는 잠깐씩 자야 건강을 유지할 수 있다. 11시에 시작하는 예배 시간은 졸음을 참기가 어려운 시간이다.

나를 누가 깊게 알겠는가, 동생을 자기 몸처럼 사랑한 언니 말고는. 언니는 잘 있을까. 남자 간호사가 옷 갈아입을 때와 목욕할 때 엿본다고 의사에게 얘기 좀 해달라고 면회 간 나에게 부탁했었는데 들어주는 척이라도 할 걸 그랬다. 아무래도 언니의 행동을 유심히 살펴봤을 때 적어도 3주 이상 입원해야 할 것 같았다. 정상인으로 돌아오려면 적어도 일 년 이상 걸릴 것이고 나는 그 일 년 동안 주의 깊게 언니를 보살피느라 다른 일은 할 수가 없을 것이다. 그래도 언니가 내 옆에 있었으면 좋겠

그나무

다. 형제라고는 언니 하나뿐인데 마음이 상해 병까지 얻은 가엾은 언니. 언니는 살아 있는 자일까, 죽어 있는 자일까. 육체적으론 '산 자'이고 영적으론 '살아 있는 자'일까?

교회를 다니는 동안 인생 최대의 위기를 겪었다. 시아버님은 치매에 걸렸고 언니는 마음의 병을 얻었으며 남편은 사업에 실패했다. 흔히 말해지듯이 불행은 예고 없이 한꺼번에 들이닥쳤다. 그나마 다행인 것은 아들은 학업에 전념했고 좋은 성적표를 나에게 보여주었다는 것이다. 내가 할 수 있는 것이라고는 기도뿐이었다. 겉으로는 아무런 내색도 하지 않았다. 주위에 있는 사람들은 나를 태평한 사람으로 알았으리라. 마음속은 활활 타오르는 불처럼 타들어 갔다. 나의 처지를 모르는 목사님은 하나님에게 순종하듯 남편에게도 순종해야 한다고 설교했다. 주일이 되면 교회를 가야 할지 말아야 할지 망설여졌다. 남편도 이제는 대놓고 집을 비웠고 교회 다니는 것 또한 참지 못했다. 자연히 교회를 나가는 횟수는 줄어들었다. 얼마 후 마치 기다렸다는 듯 시아버님은 잠자듯 돌아가셨고 언니는 마음의 병이 나았으며 다시 시작한 남편의 사업은 조금씩 나아지고 있었다. 일요일이면 으레 점심을 혼자 먹을 만큼 아내에게 관심을 보이지 않던 남편도 주변이 정리되자 조금씩 마음을 열기 시작했다. 그렇게 교회는 나에게서 멀어져만 갔다. 그리고 결국 나는 더 이상 교회를 나가지 않게 되었다.

차 안에서 그동안의 이야기를 듣는 내내 그는 아무 말이 없었다. 잠자코 내 이야기만을 듣고 있었다. 그가 무슨 말이라도 했으면 좋겠는데 끝내 그에게서는 아무런 말도 들을 수 없었다. 신호등이 붉은빛으로 바뀌었다. 나는 차창 밖으로 눈길을 돌렸다. 봄은 언제쯤 오려나. 다시 한번 그와 입맞춤할 수는 있을까. 옆을 보니 그는 자고 있는지 눈을 감고 있었다. 그를 보면서 내 마음은 차츰 가라앉았다.

여행을 다녀온 후 그의 전시회를 갔다. 고교 동문 전시였다. 그의 사진 작품은 세 점이었다. 팔을 벌리고 서 있는 여자의 상체 사진이 눈길을 끌었다. 팔을 벌리고 있는 모습은 마치 십자가의 모양을 하고 있었다. 모든 것을 품어줄 것만 같은 여자의 모습은 마치 십자가에 못 박힌 예수를 연상시켰다. 나는 경건한 기도를 마음속으로 했다. 나의 모든 죄를 사하여 주옵소서.

뒤풀이 자리에서 나는 그의 지나온 세월을 들을 수 있었다. 성경 공부를 여전히 이끌고 있었고 사진 전시도 여러 번 했다는 것이다. 모르는 사람들이 많아 자리가 무척 불편했다. 뒤풀이 자리에는 동문 작가들만 있었다. 나는 참으로 순진하게도 저녁을 먹고 가라는 그의 말을 지켰다. 거북해하는 나를 편안하게 대해주는 그와 친한 화가가 옆자리에 없었다면 나는 곧 그 자리를 떴을 것이다. 그리고 그의 행적을 알려준 사람도 그 화가였다. 나는 화가에게 내 핸드폰 번호를 알려주었다.

전시가 끝난 후 그가 출품한 세 작품을 선물로 받았다. 작품은 내 마음을 꽤 불편하게 했다. 쓰레기를 줍는 여인의 사진, 길가의 불쏘시개 옆에서 불을 쬐는 여인의 사진은 보는 사람을 안쓰럽게 만들었다. 나는 작은 얼굴에 팔 벌리고 있는 여인의 사진을 침실 벽에 걸고 나머지 두 작품은 방벽에 세워두었다. 방에 들어갈 때마다 가슴이 뜨끔거렸다. 나는 일주일 만에 작품을 떼어버렸다. 그리고 세 작품 모두 침실에서 치워버렸다. 불편함을 감수할 만큼의 인내심이 나에게는 남아있지 않았다. 현재에 만족하며 살고 싶다는 마음이 강하게 들었다.

  우연히 거리를 지나다 그 노래를 들었다. 가사 내용이 발길을 멈추게 했다. 오가며 그 집 앞을 지나노라면 발이 머물러, 라는… 나는 음악 소리가 나오는 카페에 들어갔다. 아침이라 손님은 아무도 없었다. 아이스 아메리카노 커피를 빅 사이즈로 주문하고 의자에 앉았다. 커피를 앞에 놓고 눈을 감고 음악에 집중했다. 묵직한 저음의 바리톤 노랫소리는 슬픈듯하면서도 쓸쓸하고 감미로운 감정을 불러일으켰다.
  불현듯 그가 생각났다. 그리고 목사님 집의 나무가 잘 있는지 몹시 궁금해졌다. 그를 생각하면 자연히 그 집이 함께 떠오르는 건 무슨 조화일까. 꼭 한 번은 그 집에 가야만 할 것 같은 느낌이 나를 휩쌌다. 그러면서 한 번쯤은 그 집에 가서 목사님을 뵈어야 하지 않겠느냐는 그의 말도 생각났다. 나는 마음을 다잡았다. 가 봐야지. 더 늦기 전에. 음악이 흐르는 카페를 나왔다.
  그 집으로 가면서 지금도 잊지 않고 있는 구절을 생각했다.
  사랑은 오래 참고 친절하며, 시기하지 않으며, 뽐내지 않으며, 교만하지 않고 무례하지 않으며, 자기의 이익을 구하지 않으며, 성을 내지 않으며 원한을 품지 않는다고. 사랑은 모든 것을 덮어주며, 모든 것을 믿으며, 모든 것을 바라며, 모든 것을 견디고 사랑은 없어지지 않는다는 신약성서 고린도 13장 성경 구절. 그러나 나는 아직도 잘 모르겠다. 방향을 잃어버리고 헤매는 시간이 오래 지속되지 않기를 빌 뿐이다. 그러나 마음은 닳고 닳은 지우개처럼 작아질 뿐이었다.

　나는 언제쯤 큰 사람이 될까. 남편을 용서하고 그를 잊으며 그저 담담히 살고 싶다는 마음이 강하게 들었다. 그러면서 예전 그 집의 풍경을 마음속으로 그려보았다. 그 집의 작은 마당에는 여러 가지 화초가 피고 지곤 했는데… 마삭줄, 매부리 발톱, 철쭉, 국화, 무궁화, 겹동백나무, 이팝나무, 남천나무, 대나무, 애기단풍나무, 목련나무, 대추나무, 이름을 알 수 없는 꽃과 나무들. 현관을 거쳐 거실에 들어서면 헌금과 십일조 봉투가 나란히 벽걸이에 꽂혀 있고 화장실 문엔 달력이, 다른 벽엔 동양화 한 점, 중세 그리스도 형상의 작은 그림 한 점이 걸려 있었다. 세월이 바뀌어도 그대로 붙박여 있을 것만 같은 모습들.

　그가 목회를 그만두고 교회에 사표를 냈다는 소식을 들었으나 그리 놀랍진 않았다. 이제는 그가 예전의 그 집에 살지 않는다 하더라도 마당의 화초들은 여전할 것이다. 그 풍경을 마음속에 담는 것만으로도 나는 충분했다. 그것이 그의 '말씀'을 전해주고 있었다. 나는 골목길을 내려왔다. 유흥가를 거쳐 음식 골목도 지났으며 초등학교도 지나쳤다. 파리바게뜨, 던킨도너츠, 승리 노래방, 회까닥횟집, 영계소문치킨, 고요한찻집도 지나왔다. 이제 역 입구다. 역으로 향한 계단을 내려가면 이제 다시 내가 좋아하는 그 집을 찾아갈 수 있을까. 그 집엔 여전히 계절마다 꽃이 피고 질까.

화가의 전화를 받았다. 뜻밖이었다. 그가 아프다는 것이다.
내가 놀라자 화가는 그리 큰 병은 아니라고 했다. 그가 어떻게
지내는지 몹시 궁금했으나 여전히 먼저 전화를 거는 것이 망
설여졌다. 그러나 지금은 망설일 때가 아니다. 나는 전화를 받
자마자 곧 나갈 채비를 했다.

입원실 커튼을 젖히고 들어섰을 때 그는 자고 있었다. 천장
을 향해 반듯하게 누운 그가 낯설었다. 짧은 콧수염과 긴 턱수
염이 없었다. 구레나룻도. 말끔한 얼굴이 젊은 시절의 그를 떠
올리게 했다. 그도 나를 만났을 때 젊은 시절의 나를 떠올렸을
까. 의자를 끌어다 앉고 그의 얼굴을 자세히 들여다보았다. 아
파서인가 마른 얼굴이 눈에 들어왔다. 그리고 그 입술. 입술 뒤
로 나무가 보였다. 예전에 보았던 나무. 나는 시선을 얼른 창가
로 돌렸다. 푸른 하늘이 보이고 숨을 크게 들이키면서 그가 했
던 말을 떠올렸다. 힘들면 여고 시절 때처럼 너의 나무와 대화
를 해봐. 아마도 그것이 너를 지켜줄 거야. 그의 음성이 나를
따뜻하게 감쌌다.

그가 눈을 뜨기를 기다렸으나 그는 여전히 눈을 감고 있었
다. 6인용 병실의 작은 공간. 잠자고 있는 그를 보면서 나는 점
점 편안해짐을 느꼈다. 이제는 무슨 말이든 그에게 할 수 있을
것 같았다. 전화도 편하게 걸 수 있을 것 같았다. 그의 입술을
훔쳐보지 않아도 될 것 같았다. 어떤 알 수 없는, 설명하기 어
려운 분위기가 나의 온몸을 감싸고 있는 듯했다. 조용히 병실
을 나오면서 나는 그 공간에서 느꼈던 감정을 곰곰이 되새겼

다. 알 수 없는 마음의 변화였다. 그건 무엇이었을까.

　길가에는 은행나무 가로수가 터널처럼 길게 이어졌다. 러벅러벅 걷고 있는데 전화가 울렸다. 그의 전화였다. 잠에서 깨어나니 꽃 한 송이가 있다고, 혹시 다녀간 것은 아니냐고 물어왔다. 버스를 기다리고 있다고 대답하니 여기까지 왔는데 보고 가야 하지 않느냐고 그가 다시 물어왔다. 나는 조금 놀랐다. 전 같으면 그는 다시 오라는 말 같은 건 전혀 할 사람이 아니었다. 나처럼 그도 마음의 변화가 온 것일까. 은행나무를 바라보고 버스를 기다리는 동안 나는 다시 한번 병실에서의 나를 떠올렸다. 그건 무엇이었을까. 다시 갈까 말까 망설이는데 내가 탈 버스가 도착했다. 나는 결국 버스를 타지 못하고 그냥 보냈다. 끝내 타지 못한 버스처럼 이번에도 나는 그를 보내야 하는 것일까 하고 나는 마음속 나무에게 물어보았다. 나무는 대답이 없었다. 내 인생에도 봄바람이 한 번쯤은 있어도 되지 않을까. 그러나 나무는 또 대답이 없었다. 어쩌면 그에게 물어보아야 할 것 같았다. 그가 나의 나무였던가. 그럴 리는 없었다.

　바람이 분다. 길가의 나무가 흔들린다. 나의 나무도 흔들리고 있음에 틀림없다. 버스정류장 의자에서 일어났다. 병원으로 발길을 돌리면서 흔들림은 이제는 없다고 마음속으로 다짐했다. 그제야 나무가 나에게 말을 걸어왔다. 어서 가보라고. 그가 기다리는 병실로 가보라고. 그를 돌볼 사람은 이제 없지 않으냐고. 갑자기 바람이 멈추었다. 길가 가로수의 나무도 흔들리지 않는다. 창가에서 그가 나를 보고 있는 것만 같다.

오직 하나뿐인

오직 하나뿐인

반지는 검은색 벨벳 위에 얌전히 놓여 있었다. 많은 반지들이 가지런히 놓여있는 반지 함 위쪽에, 그 반지가 뽐내듯이 있었다. 눈이 밝은 사람이라면 그 반지가 특별한 반지일 거라고 한눈에도 알아차릴 것이다. 다른 반지들과는 구별이 되도록 진열한 것 같았다. 값도 상당히 나갈 것 같았다. 나는 반지를 보고 깜짝 놀랐다. 그 반지의 디자인은 내게 너무나 익숙했다. 저 반지가 왜 여기에 있을까.

람블라스 거리엔 사람들로 넘쳤다. 나도 사람들의 무리에 섞여 길을 따라 걸었다. 오후에서 저녁으로 넘어가는 시간이라 그런지 바람은 선선했다. 이곳의 날씨는 전형적인 지중해 날씨였다. 한낮의 햇볕은 따가웠지만 그늘에 들어서면 금세 땀을 식힐 수 있었다. 한여름에는 여행을 가지 않는다는 내 생각을 바꾸어 놓을 만큼 날씨는 맘에 들었다. 여름에 땀을 뻘뻘 흘리면서 돌아다니고 싶진 않았다. 더군다나 아이들 방학과 휴가철이 맞물린 이런 때에 북적거리는 공항에서 사람들에게 치이고 싶지 않았다. 수박을 먹으며, 추리소설을 읽고, 빈둥거리면서 집에서 편안하게 지내는 것이 대개의 나의 여름나기 방식이었다. 엄마에게 인사차 들리겠다는 자식의 방문도 전화로 끝내곤 했다. 여름엔 자식도 손님이었다. 한여름의 손님은 호랑이보다 무서운 것이라며 친정엄마도 내가 자신을 보러 가는 것을 마다하곤 했다. 그래도 해외에 나오니 가족의 안부가 궁금하기는 했다. 잘 도착했다는 문자를 보냈다.

남편은 부지런히 주위 노점들을 구경하고 있었다. 거리는 여행객을 위한 거리 같았다. 구경거리가 많았다. 마침 토요일이라 벼룩시장까지 열리는 바람에 사람들로 북적였다. 길가에는 가우디의 엽서들, 바르셀로나 축구단의 기념 티셔츠, 나이키 축구화와 운동화, 각종 스니커즈들, 플라멩코 무희들이 춤출 때 쓰는 화려한 부채가 손님을 끌고 있었다. 어느 관광지에나 있는, 그림을 그리는 거리의 화가들은 대개 초상화를 그리고 있었다.

어슬렁어슬렁 한가롭게 여기저기를 구경하며 나보다 한걸음 앞서가던 남편이 노점 안쪽으로 들어가더니 걸음을 멈추고 나를 쳐다보았다. 그곳엔 많은 반지와 목걸이, 팔찌 등이 가지런히 진열되어 있었다. 남편은 손가락으로 한 반지를 가리켰다. 검은색 벨벳 위에 놓여있는 반지는 익숙한 모양이었다. 너

오직 하나뿐인

무 똑같지 않아? 라고 말하며 남편은 반지를 꺼냈다. 남편이 언제부터 내 반지에 관심을 가지고 있었는지 의아했다. 나는 속으로 뜨끔했다. 당신 후배에게 산 반지와 똑같네. 남편은 다시 확인을 하듯이 내게 말했다. 반지는 원형의 테에 두 개의 꽃을 달고 있었다. 다섯 장의 꽃잎을 깎고 다듬고 붙여놓은 것이 내 눈에 꽤 익숙했다. 나는 반지를 자세히 들여다보았다. 이런 모양은 여간한 솜씨가 아니면 만들 수 없다고 후배는 말했었다. 어떻게 이럴 수가 있지. 노점의 진열대에서 똑같은 모양의 반지를 보자 나는 당황했다. 서울의 집에 있어야 할 반지가 이곳에 있을 리는 없는 것이었다. 더군다나 그 반지는 남편이 아닌 K가 나에게 선물로 준 반지가 아니었던가. 값이 나가는 반지를 노점에선 팔지 않을 것이다. 반지는 내 손가락에서 떠나본 적이 없었다. 여행지에서만은 예외였다. 잃을 것을 염려하여 나는 여행을 할 때만은 그 반지를 가지고 다니지 않았다.

"언니도 이제 그 나이쯤 되었으면 진짜 반지 하나는 있어야 하는 것 아냐?"

보석 디자인을 전공하고 주얼리숍을 운영하는 후배가 안됐다는 눈길로 내게 말했다. 내 나이가 어때서 비싼 반지를 꼭 껴야 하는 것이냐고 반문하고 싶었지만 그럴 수도 있을 것 같아서 입을 다물었다. 보석 반지로 치장하여야 할 나이가 된 것일까. 돈깨나 있는 동네에서 나이 많은 여자들의 사랑방 구실을 하고 있는 후배의 가게엔 멋지게 차려입은 여자들 몇몇이 항상 수다를 떨곤 했다. 한바탕 수다를 떨고 난 후 썰물이 빠져나가듯 그들이 가고 나면 후배는 그제야 나에게 다가왔다. 돈은 많은데 남편이 없어. 라고 후배는 말했다. 남편의 재산을 물려받아 돈은 많지만 나이가 들어 갈 곳이 별로 없는 외로운 여자들이란다. 그녀들이 후배의 일등 고객이었다. 그녀들은 외로움을 대신할 것으로 반지, 목걸이, 귀고리, 브로치를 샀다. 아직까지 남편이 있는 여자들이 행복한 여자야. 라며 남편의 안부를 물었다. 우린 다 괜찮아. 넌 어떠니. 걱정스러운 목소리로 내가 물었다. 정말 나는 후배를 걱정했다. 남편과 이혼하고 딸과 함께 살고 있는 그녀는 씩씩했고 수완이 좋았다. 여러 가지 보석을 파는 주얼리숍에서 가방과 옷, 구두도 함께 파는 멀티숍으로 바꿨다가 다시 원래의 주얼리숍으로 그녀의 가게는 변신을 했다. 항상 유행에 민감했고 부지런했지만 여자가 혼자 자식을 키우며 살기란 그리 쉬운 일은 아니었을 것이다. 후배는 가끔 힘들다는 얘기를 하곤 했다.

    나는 가게가 바뀔 때마다 옷이나 가방, 목걸이 등을 사 주곤 했다. 후배가 안쓰러웠다. 가끔은 원하지 않는 물건을 사기도 했다. 아마 그 반지도 처음에는 그런 것 중의 하나였을 것이다. 언니, 내가 디자인한 이 반지는 세상에 하나밖에 없을 거야. 이 파리는 진짜 꽃잎처럼 얇게 만들어 구불구불 구부려 음영을 주었어. 작품 제목을 꽃잎반지라 정했어. 우리 어릴 적에 이런 반지 만들어서 끼곤 했잖아. 들에 나가 예쁜 꽃이 있으면 즉석에서 만들어 끼곤 했던 꽃반지. 거기에서 영감을 받았어. 전시할 때 언니가 와서 사주면 좋겠다. 라며 후배는 특별한 반지임을 강조했었다. 그래, 나도 그런 특별한 반지는 누군가에게 선물

오직 하나뿐인

로 받고 싶어. 그러면 나도 특별한 여자가 될 수 있을 것 같아. 나는 그녀의 달콤한 말에 넘어갔다. 정말 특별한 여자가 될 수 있을까, 그럴 수 있을까. 한 번 욕심을 내보고도 싶었다. 내 마음속을 들여다본 것처럼 그녀는 잽싸게 말했다. 그럼 이건 언니 거야, 다른 사람에게 팔지 않을게. 그녀는 벌써 내 손가락에 반지 호수를 재는 가짜 반지를 끼웠다. 그 반지는 이 세상에 단하나뿐이어야 했다. 나는 삼십 년 전에 헤어진 옛 애인을 또 생각하고 있었다. 그에게 이 반지를 정표로 받고 싶었던 것이다.

"무슨 생각을 그리 골똘히 해?"
남편의 말에 나는 생각에서 깨어났다.
"집에 있는 반지와 색깔이 다르잖아." 나는 반지를 가리키며 대답했다.
대답은 그렇게 하지만 반지는 집에 있는 것과 똑같았다. 남편은 의심쩍은 눈길을 거두지 않은 채 발걸음을 떼며 말했다.
"사 주고 싶어서 그래, 당신이 좋아한다면 말이야. 내가 당신에게 반지 빚이 있잖아."
"다 지난 일이야. 나는 정말 괜찮아."
나는 정말 괜찮다는 투로 말했다. 남편이 미안해하지 않기를 진심으로 바랐다. 남편은 내가 반지를 사들이는 것을 이해하지 못했다. 나는 여윳돈이 생기는 대로 진짜처럼 보이는 반지를 샀다. 진짜처럼 보이는 짝퉁 반지도 그리 싼 편은 아니었다. 다이아 반지는 기본이고 진주 반지, 사파이어 반지, 루비 반지, 백금 반지, 이런 저런 희귀한 돌로 만든 반지 등을 샀다.

물론 진짜도 몇 개 샀다. 심지어 반지 계를 들기까지 했다. 후배에게서 샀음은 물론이다. 후배는 그것들을 작품이라고 불렀다. 어쩌다 옷을 사러 백화점에 가서도 반지를 구경하는 것을 빼놓진 않았다. 그곳엔 티파니, 까르띠에, 불가리 등 명품이라 불리는 보석들이 진열되어 있었다. '티파니에서 아침을'이라는 영화에서 오드리 헵번이 맨해튼의 티파니 상점을 황홀하게 쳐다보았듯 나도 반지를 황홀하게 바라보았다. 영화 주제가인 문 리버가 들리는 듯했다. 그것들은 참으로 아름다웠다. 언젠가 예술의 전당에서 전시를 관람했을 때는 감탄을 멈추지 못했다. 새나 호랑이, 뱀의 모양을 보석으로 형상화 시킨 모습은 어둠 속에서 더욱 빛이 났다. 그것들은 보석이 아니라 작품이었다. 작품으로 만나는 보석들은 우아하고 화려했다. 인간의 몸에 걸치는 장식품이 아닌 것이다. 나는 금반지만은 사지 않았다. 금으로 된 것은 반지건 목걸이건 귀걸이건 싫었다. 남편은 내가 반지를 사는 것에 처음에는 무심히 넘기는 듯했다. 그러나 점점 많아지는 반지를 보고서는 화를 내는 대신 나에게 관심을 가지지 않았다. 그는 항상 그런 식이었다. '왜'라는 말 대신 '이유가 있겠지' 하며 지나치기 일쑤였다. 그런 남편이 야속하기만 했다.

스물 몇 살 때였다고 기억한다. 나이 많은 여자가 시장으로 나를 데려갔다. 지금은 재래시장으로 불리는 곳으로 서울에 근접한 지방 소도시의 시장이다. 시장의 중앙 통로를 지나 골목길로 접어들었다. 좁은 길을 따라 생선이며 야채를 파는 좌판이 이어졌다. 바닥은 물로 질퍽거렸다. 나는 이렇게 좁고 지

오직 하나뿐인

저분한 시장을 본 적이 그때까지 없었다. 내가 엄마를 따라다
닌 곳은 서울의 남대문과 동대문 시장이었다. 서울의 가장 큰
시장에서 엄마는 장을 보고 옷을 사고는 했다. 시장은 나와는
거리가 먼 그런 세상이었다. 그곳은 엄마의 세상일 뿐이었다.
나는 그때까지도 철없는 대학생이었다. 나이 많은 그녀는 골
목 끝에 있는 낡은 문을 열고 상점 안으로 들어섰다. 벽에는 시
계가 걸려 있었고 유리 진열장엔 금으로 만든 반지와 목걸이,
귀걸이가 있었다. 반지 종류는 세 가지뿐이었다. 누런 금으로
된 것 외에는 물건이 별로 없었다. 아주 작은 가게였다. 나이
많은 그녀는 그중에 한 가지를 고르라고 나에게 말했다. 결혼
예물이라는 말과 함께. 그러면서 자신과 딸의 반지까지 사는
것이었다. 나는 모욕을 받는 심정이 되었다. 화가 나는 것을 참
느라고 어쩔 줄을 몰랐다. 그녀는 갑자기 전화를 해서 나를 불
러놓고는 무작정 시장 골목으로 끌고 온 것이었다. 훗날 나의
시어머니가 될 나이 많은 그녀와 나는 두 번째 만남을 그렇게
했다. 내성적이고 선한 남편은 내 편이 되질 못했다. 그는 나
보다 나이만 조금 더 먹었지 나와 마찬가지로 세상 물정을 몰
랐다. 결혼의 첫 단추를 잘못 끼웠다고 알아챈 순간, 아이가 내
몸에 들어왔다. 나는 단추를 풀어 다시 채우질 못했다. 속수무
책이란 말은 그런 때에 쓰이는 말이라는 것을 *실생활*에서 배
웠을 따름이다. 인생의 수업료를 단단히 치르며 보낸 나의 결
혼 생활은 그리 행복하지 않았다. 시어머니의 사치한 생활로
인해 오랫동안 연립주택에 머물다 가까스로 아파트에 둥지를
틀었고, 자식은 다행히도 무사히 대학을 졸업하고 자립을 했

다. 그러므로 당연히 예물로 받은 반지를 결혼한 후 한 번도 손가락에 끼지 않았다. 결혼 후 그때의 반지에 대한 불쾌한 기억이 사라지지 않았다. 아무것도 모르는 남편은 의아해했지만 나는 구태여 설명을 하고 싶지는 않았다. 어느 아들이 자신의 어머니에 대한 험담을 듣고 싶어 하겠는가. 그렇지만 결혼반지는 적어도 나에게 물어보고 사야 하는 것이었다. 정상적인 시어머니라면 말이다. 결국 그 반지는 서랍에 고이 모셔져 있다가 외환위기 때 종말을 보았다. 멋진 결말이었다. 나라의 빚을 갚기 위해 캠페인-'장롱에 있는 반지를 가지고 나오세요'-이 한창일 때 나는 결혼반지를 가지고 은행으로 갔다. 반지값은 통장으로 돌아왔다. 아마도 그 돈을 가지고 시어머니에게 고기를 사드렸을 것이다. 그날 남편에게 결혼반지에 얽힌 이야기를 했었다고 기억한다. 반지에 얽힌 섭섭했던 사연과 반지를 사들였던 이유를 지나온 세월만큼 길게 길게 말했을 것이다.

K는 나를 '삼십 년 전 애인'이라고 놀렸다. 나는 그의 그런 말이 싫지 않았다. 아니 오히려 자랑스러웠다. 삼십 년. 결코 짧지 않은 세월이었다. 강산이 세 번이나 바뀐 세월. 나는 그 긴 시간을 많은 망설임으로 보냈다. 얼마나 많은 날들을 잠 못 자고 뒤척였던가. 결혼의 단조로운 생활에서 그를 생각함으로써 나의 일상을 이겨나갔다. 나에게 인생이란 얼마나 권태로운 일상이었던가. 아이들과 집안 어른들의 눈높이에 맞추어서 살았던 시절은 내가 없던 시절이었다. 나를 지켜주어야 할 남

오직 하나뿐인

편도 내 곁을 떠나있었다. 남편은 내가 그렇게 지겨웠던 것일까. 아니면 일시적인 바람이었던 것일까. 어쩌면 지금도 그 태풍은 잠시 잠을 자고 있는 것은 아닐까. 남편이 다른 여자를 생각하는 동안 나는 인내를 배웠다. 그래 딱 일 년만 기다리자 한 것이 삼 년을 지났을 때 나는 내 인내의 끝을 보고야 말았다. 나는 검색창에 K의 이름을 넣었다. 다행히 그는 건실한 사업가가 되어 있었다. 반가웠고 안심이 되었다. 그에 대한 정보를 살살이 살폈다. 그러고도 많은 시간을 망설여야 했다. 비난을 받기는 싫었다. 남편은 나에게 좋은 구실을 준 셈이었다.

그해 겨울은 참으로 추웠지만 내 인생에서 가장 따뜻한 한 달이었다. 내가 자주 가는 갤러리에서 K를 다시 만났다. 옛 애인을 다시 만나는 곳으로 갤러리만 한 곳은 없으리라. 해는 설핏 기울어 가고 있었는데 겨울의 음산함조차도 내게는 느껴지지 않았다. 삼십 년 만이었다. 나는 이미 그를 인터넷에서 보았기에 차분히 그를 만나리라고 마음을 다지고 있었다. 삼십 년이란 세월은 그와 나의 외모를 변하게 하기에 충분한 시간이었다. 그의 머리칼은 은색으로 뒤덮여 있었고 배도 넉넉히 나와 있었다. 하지만 그의 눈빛은 예전과 다름이 없었다. 어떤 확신이 생겼다. 나의 외모가 늙고 매력이 없는 여자로 변해 있을지라도 그의 마음은 삼십 년 전과 다름없으리라는 희망을 가졌다. 그해 겨울은 정말 따뜻했고 행복했다. 한 달이라는 한시적인 만남은 죄책감을 옅게 해주었다. 예정된 마지막 날 그는 나에게 꽃잎 반지를 선물했다. 그날 이후 이별의 정표로 받은 꽃잎 반지는 항상 나와 함께했다. 나는 정말 특별한 여자가 된 것 같았다. 한동안 마음의 갈피를 잡지 못할 때 반지는 위로가 되었다. 꽃은 항상 내 손가락에서 찬란히 빛났다. 지금도 그렇지만 나는 마음의 빈자리를 남편이 채워주기를 바랐다. 그것은 단지 소망일 뿐일까?

남편은 대기업을 나온 오랜 후에 자신의 명함을 자랑스럽게 내밀었다. 그는 점점 바빠져만 갔다. 남들은 조기퇴직이다, 정년퇴직이다 하면서 일에서 손을 놓을 때조차도 그는 열심히 사업을 키워 나갔다. 은퇴한 친구들이 해외 나들이를 다니기 시작했을 때 남편은 해외로 출장을 다니기 바빴다. 늦은 나이에 다시 시작한 사업에선 실패하면 안 되는 것이었다. 그도 마지막 기회라 여겼다. 한 번 실패를 맛보았기에 나도 군말 없이 그의 스케줄에 맞추어 살았다. 사업은 아차 하는 사이에 무너지지 않던가. 긴장은 남편과 나를 놓아주지 않았다. 몸에 달고 살아가는 것이다. 이 긴장은 언제 끝나려나. 지치지 않고 열심인 그를 존경해야 하나 말아야 하나. 인천 공항으로 가는 길은 눈을 감고도 외울 수 있었다. 과속 위반 카메라가 어디 있는지, 어디는 시속 몇 킬로미터로 달려야 하는지, 출국과 입국의 도로 차선, 단기와 장기 주차장의 위치, 각 나라 비행기의 출입구와 가까운 주차 위치 등 공항의 가이드를 하라고 해도 망설이지 않을 만큼 공항에 자주 다녔다. 여권에 찍힌 남편의 출국과 입국 횟수만큼 내가 공항에 나간 횟수도 같지 않을까? 남편은 첨단장비가 새로 나올 때마다 교육을 받거나 세미나에 참석하거나 세계 여러 나라의 사람들과 미팅을 하느라 바빴다. 홍콩은 본사가 있어 자주 들르는 곳이었다. 그렇게 자주 홍콩에 가면서도 나와 함께 간 건 딱 한 번뿐이었다. 가끔은 의아해하기도 했다. 홍콩만은 혼자 갔기 때문이다. 당시엔 일 이외의 다른 것엔 시간을 낼 수 없다고 생각한 내가 바보였지 않았을까?

어쩌면 그 반지가 아닐지도 모른다. 나의 착각일 수도 있다. 하지만 그 반지는 내 눈길을 끌었다. 사지 않을 것이 확실한데도 나는 기어이 그 반지를 손에 들고 말았다. 끼어보라는 늙은 노파의 말에 흘깃했다. 사지도 않을 물건을 끼어보기까지 하는 것은 예의가 없는 것이나 다름없다고 배우질 않았는가. 하기야 그리 비싼 것이 아닐 수도 있었다. 노점에서 파는 은빛 반지를 누가 비싸다고 생각할 것인가. 그러나 나는 살 수는 없었다. 서울의 집에 똑같은 반지가 나를 기다릴 것이므로. 이제는 특별하지 않은 반지가 되어버린 반지. 정말로 이상한 것은 어찌 이렇게 똑같을 수 있을까. 서울에서 반지를 손가락에 끼었을 때 세상에 단 하나밖에 없다는 반지라는 말은 거짓말이었더란 말인가. 아니면 반지 디자이너인 후배가 디자인을 베끼기라도 했단 말인가. 나는 노파에게 그 반지가 공장에서 나온 것인지 물어보았다. 그렇지 않다고 노파는 머리를 흔들었다. 비록 노점이라고는 하나 비싸지 않은 것은 자기네는 금이나 은 같은 비싼 재료는 쓸 수 없지만 알루미늄 혹은 니켈로 손으로 직접 만든다고 했다. 그러면서 노파도 똑같은 말을 했다. 이 반지는 세상에서 단 하나밖에 없는 반지라고. 하기야 같은 디자인이라도 기계가 아닌 손으로 만들었으니 그날그날 만드는 사람의 마음에 따라 물건이 제작되었으리란 것은 다 아는 사실일 터였다. 그렇다고는 해도 어찌 이리 똑같을 수가 있단 말인가. 나는 반지를 불빛 아래 바짝 들이대고서 꼼꼼하게 살펴보았다. 꽃잎의 끝은 동그랗게 말려 있었다. 흡사 장미 꽃잎을 다섯 장 붙여놓은 것 같았다. 다섯 개의 활짝 핀 꽃잎을 구부리고 펴고 하여 입체감을 주었다. 둥근 테두리의 반지에 두 송이의 활짝 핀 꽃이 얹어져 있는 반지는 여전히 나를 홀리기에 맞춤이었다. 후배는 이런 반지는 흔치 않고 자신이 직접 디자인했으니 세상에 하나밖에 없는 반지라며 망설이는 나에게 작품이라며 권했던 것이다. 한국의 세공 기술이야 세계가 알아주는 기술이라고 하지 않던가. 나는 그 반지를 만드는 예지동 혹은 종로 삼가에 밀집 되어있는 작은 골방들을 떠올렸다. 후배가 결혼반지를 산 곳도 그곳이었다. 서울깍쟁이인 후배는 결혼반지 살 돈을 받아 그곳에서 반지를 싸게 샀다고 했다. 지금도 그곳은 그대로겠지. 젊은 디자이너의 주문에 맞춰 노련하게 세공을 해 줄 나이 든 공방의 진짜 기술자들이 세련된 디자인에 맞춤한 반지를 만들겠지. 구부정한 등과 촉수가 높은 전등 아래에 돋보기를 대고……

어쩌다 반지를 보고 거기까지 생각이 미칠 수가 있는지 나도 알 수가 없었다. 그러나 한 가지 분명한 것은 내가 세상에서 단 하나밖에 없다는 반지를 바르셀로나 람블라스 거리의 노점에서 보았다는 것이다. 나의 놀람에도 아랑곳없이 무심한 남편은 맘에 들면 사지 그러냐고 다시 재촉했다. 사려고 망설이는 것으로 남편에게 비쳐졌나 보다. 남자들이란 기다리지를 못하는 족속들이었다. 아니 남자가 아니라 남편들이겠지. 나는 남편에게 노점이 끝나는 곳의 작은 공터를 가리켰다. 우람한 체격의 남자가 불을 입에 넣었다가 막 꺼내는 중이었다. 구경하기 좋아하는 남편은 벌써 발걸음을 그곳으로 옮기고 있었다.

　남편의 편안한 얼굴을 보며 나는 그를 따라오기를 참 잘했다고 생각했다. 스페인에서 며칠 교육을 받아야 한다는 남편은 나와 함께 휴가를 겸한 여행을 가자며 서울에서부터 나를 꾀었다. 남편의 해외 출장에 어쩌다 한 번 따라가 남편의 일상을 알고부터는 나는 남편이 함께 어딜 가자고 해도 싫다고 했다. 처음에는 같이 비행기를 타고 같이 식사를 할 수 있다는 소박한 바람이 이루어질 수 있다는 것에 기쁘기도 했다. 그러나 그런 나와는 상관없이 남편은 계획된 교육 일정을 소화해 내느라 여간 바쁜 것이 아니었다. 모든 교육은 영어로 진행됐다. 나이에 비해 영어를 잘했고 아직까지도 꾸준히 공부하는 남편이 믿음직해 보였다. 그러나 교육을 마치고 저녁에 호텔 방으로 돌아오는 남편은 서울에서보다 더 지쳐 보였다. 그런 남편에게 저녁 시간을 밖에서 보내자는 말은 할 수가 없었다. 고작 호텔 근처나 호텔 안의 식당에서 저녁을 먹는 것으로 하루를 보냈다. 남편은 혼자 돌아다니라고 했지만 혼자 낯선 거리를 돌아다니는 것이 처음에는 두렵기만 했다. 더군다나 나는 영어를 잘 못했다. 그렇다고 비싼 호텔 숙박비를 냈는데 방안에 죽치고 앉아있기에는 지루했고 자존심이 상하기조차 했다. 이런 난감한 여행을 무작정 따라나선 것을 후회했다. 설상가상으로 저녁엔 많은 외국인과 식사를 해야 했다. 키 큰 백인 남자나 여자가 말을 걸어 올 땐 곤혹스럽기까지 했다. 나에겐 올려다볼 사람이 너무 많았다. 남편은 그들에게 나를 하나하나 소개하기 바빴다. 미소를 지으며 하우두유두, 나이스밑츄, 악수하기 위해 내미는 그들의 손에는 반지가 끼어 있었으며 다른 손엔 칵테일 잔이 들려 있었다. 키 큰 백인 남자는 아직도 낯설다. 높은 곳에서 나를 내려다보는 시선은 나를 움츠리게 했다. 남편은 저녁 식사 자리에서조차 매우 바빴다. 디너파티도 그에게는 일을 하는 것처럼 나에게 비쳐졌다. 나는 피곤했다. 특히 그들의 말을 이해하지 못하는 나는 주눅이 들고는 했다. 그러나 나는 우아하고 인품이 깃든 동양 여자의 이미지를 연출하기 위해 애써 미소 지었다. 헤드 셰프가 만들었다던 스페셜 메뉴조차 맛을 느낄 여유가 없었다.

숙소를 호텔에서 아파트로 옮겼다. 그녀는 자신을 베로니카라고 소개했다. 남편이 서울에서 에어비앤비로 예약한 아파트의 주인이었다. 에어비앤비 사업을 시작한 지 한 달이 채 못 된다고 했다. 내부는 리모델링한 지 얼마 안 돼 깨끗하고 쾌적했다. 특히 람블라스 거리에 인접해 있었고 고딕 지구에 속해 있어 밖으로 나가기만 하면 코앞이 관광지였다. 나는 신기했다. 인터넷으로 모든 것이 이루어지는 세상에 나도 함께하는 듯했다. 그뿐만이 아니었다. 남편은 내가 혼자 다닐 것을 염려해 미술관까지 미리 예약해 두었던 것이다. 관광객을 위해 다섯 개의 입장권을 패키지로 묶은 티켓이었다. 바르셀로나 현대 뮤지엄, 피카소와 미로 미술관, 카탈루냐 미술관 등을 기다리지 않고 들어갈 수 있는 예약권이었다. 또한 바르셀로나를 먹여 살린다는 가우디의 사그라다 파밀리아의 입장권도 마련해 주었다. 사랑을 한꺼번에 받는 듯했다.

베로니카의 아파트엔 두 개의 방과 두 개의 화장실, 넓은 거실과 빌트인 주방엔 우유와 시리얼이 있었다. 간단한 아침 대용이었다. 호텔보다 넓었고 특히 편한 소파가 마음에 들었다. 마음에 들지 않는 것은 베로니카의 가슴이었다. 이제 막 서른이 넘었다는 베로니카는 가슴이 거의 다 들여다보이는 헐렁한 원피스를 입고 있었다. 젖꼭지가 보일 듯 말 듯했다. 베로니카의 얼굴보다 그녀의 가슴에 시선이 자꾸 갔다. 같은 여자인데도 사진이 아닌 실물의 가슴을 보는 것은 나도 오랜만이었다. 남편의 얼굴에 환한 미소가 멈추지 않았다. 나중에 알았지만 거리엔 베로니카와 같은 옷차림을 한 여자가 많았다. 당연히 옷차림에 무감각해졌다. 심지어는 나도 그런 옷을 입고 싶은 유혹을 느꼈다. 계절은 피서철이었다. 스페인, 너는 자유다, 라는 여행서의 제목이 생각났다. 베로니카가 열쇠를 주고 떠난 후 나는 자못 흥분했다. 앞으로 남은 며칠이 우리에겐 십몇 년 만의 정식 휴가였던 것이다. 뜬금없이 남편이 내 손을 잡았다. 나는 반지에 대한 생각을 까맣게 잊고 있었다.

남편이 교육받는 날엔 혼자 낯선 여행지를 돌아다녔다. 남편은 틈틈이 짬이 날 때마다 수시로 전화를 걸어 내가 잘 다니고 있는지 확인을 했다. 나는 언젠가부터 그를 안심시키기 위해 주로 뮤지엄에 가곤 했다. 한정된 공간이야말로 그가 안심할 수 있는 곳이었다.

미술관만 해도 볼만한 곳이 많았다. 특히 미국 뉴욕의 현대 미술관은 하루만 보기에는 작품이 너무나 많았다. 구겐하임 미술관의 구불구불한 원형의 통로는 내부의 미술작품보다 더 멋진 건축미를 돋보이고 있었다. LA에선 미술관 대신 유니버설 스튜디오에서 영화의 위대함을, 홍콩의 컨벤션센터에서는 덩샤오핑 전시회를 보기도 했다. 일본 도쿄의 모리 미술관에선 렘브란트와 베르메르의 전시회를 보며 네덜란드의 황금시대를 알았고, 우연히 들어간 샌프란시스코의 아시안 아트 뮤지엄에 한국관이 있어 얼마나 신기하고 반가웠는지 모른다. 아시안 예술과 문화 이종문 센터라는 곳에서 한국의 미술작품을 보았을 때 나는 감격했고, 가슴 속에서 뜨거운 것이 올라왔다. 일본과 중국 예술품과 어깨를 나란히 한다는 것에 자부심을 느꼈다. 나는 우리나라의 국력을 외국 미술관에서 실감할 때가 많았다. 전시를 설명하는 오디오 도슨트 프로그램에 한국어가 지원되는지 아닌지로 확인할 수 있었다. 한국어가 지원되는 곳은 자세한 설명과 함께 그림을 감상할 수 있었다. 한국어가 지원되지 않을 땐 알고 있는 몇 개의 단어로 어림짐작하여 추측할 뿐이었다. 지금은 요령이 늘어 핸드폰으로 검색하면서 감상을 하곤 한다. 블로그를 찾아 검색한 것과 내가 실제로 본 것과 다른 정보도 많았다. 혼자 다니는 것에도 어느 정도 이력이 붙었다.

피카소 미술관, MACBA로 불리는 현대 미술관, 호안 미로 미술관에 갔다. 물론 바르셀로나에서였다. 관람객을 위한 예매권은 여권 같았다. 입장할 때마다 예매권에 스탬프를 찍어 주었다. 스탬프가 쌓여 갈 때마다 새로운 나라에 막 발을 디딘 것처럼 설렜다. 전에는 여러 장의 예매권을 가지고 다니는 일이 여간 성가신 일이 아니었다. 한 개는 꼭 잃어버리기 일쑤였다. 나는 숙소와 가까운 미술관은 걸어서 갔고 조금 먼 곳은 택시나 시티 버스를 타고 다녔다. 피카소 미술관에서도 긴 줄의 끝에 가서 설 필요가 없었다. 예매권은 프리패스였다.

실제 그림을 보는 것과 인쇄된 사진으로 보는 것은 판이하게 다른 경험이었다. 미술관을 다니며 그림을 봤을 뿐인데, 어느새 나는 작가 특유의 스타일과 터치를 판별할 수 있게 되었다. 이제는 누군가 취미를 물으면 미술 감상이라고 자신 있게 말할 수가 있었다. 그곳엔 피카소 초기의 작품인 드로잉이 벽에 빽빽이 붙어 있었다. 그중에서도 고향의 미술관을 위해 헌정한 '청색시대의 비둘기' 시리즈와 '벨라스케스와 시녀들'을 연구한 작품이 특히 눈에 뜨였다. 그림에 등장하는 많은 사람 속에서 어린 왕녀를 발견했고, 나도 모르게 왕녀의 손가락을 보게 되었다, 어린 왕녀의 손가락에 반지가 있는지 없는지 살펴보았다. 어쩌면 음울한 그림에서 반짝이는 꽃잎을 보고 싶은지도 몰랐다.

위대한 예술가를 배출한 도시답게 현대 미술관에 전시된 펑크 미술은 다양성과 자유를 포용하는 작품이 한 층을 모두 차지하고 있었다. 섹스와 배설물과 폭력이 난무하는 청년 작가의 작품이 여과 없이 전시되는 것이 부러웠다. 똥 사진은 지천에 깔렸고 섹스와 피와 폭력이 난무하는 설치작품들이 자유롭게 전시되어 있었다. 거리낌 없이 표현하는 자유가 있기에 세계적인 미술가를 배출하는 것인지도 모른다. 우리는 외국에 나가 상이라도 받아와야만 인정받는, 아직도 가야 할 길이 먼 나라처럼 보였다. 우리가 우리 자신을 인정하는 풍토가 마련되어야 한다는 생각이 들면서 아직도 배워야 할 것이 많음을 깨달았다. 전시를 보면서도 나는 혹시나 하는 마음으로 반지 비슷한 그림이라도 있는지 이리저리 휘둘러보았다.

피게레스에 있는 달리 미술관은 바르셀로나에서 두 시간 거리에 있었다. 모든 교육 일정을 끝낸 후 남편은 마치 숙제를 마친 어린이마냥 즐거워했다. 다음 순서는 당연히 렌터카를 빌려 고속도로를 달리는 것이다. 구글 지도는 그에게 익숙했다. 차를 빌릴 때 따로 돈을 내야 하는 내비게이션을 빌리지 않는 걸 자랑스러워했다. 그도 그럴 게 내비게이션을 빌리는 데 들어가는 비용은 꽤 비싼 편이었다. 절약은 그의 것, 소비는 나의 것이라는 우스갯소리를 하는 그는 무척 유쾌해 보였다. 조수석에 앉으며 나도 덩달아 기분이 좋아졌다. 하늘은 높고 파랬다. 하얀 뭉게구름이 떠다녔다.

"고속도로에서 빠져나가는 길을 정확하게 알려 주는 것이 조수의 일이야."

그는 운전을 할 때마다 말했다. 가끔은 나에게 운전대를 맡기기도 했다. 아주 가끔, 자신이 졸려서 운전을 못 할 때만 그랬다. 나는 항상 그의 조수였을 뿐이었다. 아주 충실한 조수. 조수석에서 틀린 길로 가지 않지만 알려주는 조수가 나이지 않았을까. 동행자 남편은 주인이 되려고 발버둥을 치면서 여기까지 왔는데 나는 그의 옆에서 편안한 조수만 되려고 했었던 것은 아니었을까. 후회가 파도처럼 밀려왔다. 아이들 때문이라고 핑계를 댈 수도 없었다. 이러는 내가 지겨워서 그는 다른 여자를 찾아간 것이었을까. 갑자기 기분이 가라앉았다. 나는 반지가 없는 빈 손가락을 무심히 바라보았다.

　달리 미술관은 미술관 자체가 미술작품이었다. 입구를 들어서니 풍만하고 거대한 여인이 자동차 위에서 팔을 벌리고 나를 맞았다. 그곳에도 사람들이 매우 많았다. 많은 사람을 피해 뒤쪽으로 가서 사람들이 빠져나가기를 기다렸다. 아무에게도 눈에 띄지 않아도, 구석진 곳에 있는 꽃잎이 내 눈에 들어왔다. 구석에서 꽃잎을 달고 있는 조그마한 꽃들이 내 반지가 아닐까 생각되었다. 여인을 둘러싼 5층의 원형 건물엔 미술품이 가득했다. 모두 달리의 작품이었다. 작품은 낯설었다. 그림과 조각과 그 밖의 예술품들에서 아름다움보다는 놀라움이 앞섰다. 풍자를 느끼게 하는 팔자수염과 사람을 놀리는 것 같은 작품들은 보는 사람을 상관치 않는 것처럼 여겨지기도 했다. 그러나 무척 새로웠다. 초현실주의 미술이라고 평가받는 그 유명한 녹아내리는 시계는 달리의 뜻이 어떻든 나에겐 현재만이 중요하단 생각을 하게 했다.

　언제부터였는지 남편이 보이지 않았다. 휴일이어선지 사람들이 너무 많았다. 출구의 기념품을 파는 가게에서 만나자는 문자를 남기고 나는 혼자 작품들을 감상했다. 3층으로 올라오니 어깨를 부딪칠 정도로 많았던 사람들이 어디로들 갔는지 보이지 않았다. 그중의 한 곳이었을 것이다. 그곳은 보석만으로 채워진 공간이었다. 방은 깜깜했다. 보석들은 어둠 속에서 빛났다. 요염했다. 하트의 왕관, 눈동자나 입술에 박힌 보석들, 십자가들, 그대들에게 평화가 있으라는 가톨릭의 메시지들을 보석으로 표현한 작품들이 보기에 재미있었다. 반지는 거인이 낄 만큼 거대했다. 캄캄한 곳에서 익숙한 남자의 뒷모습을 발견했다. 반가운 마음에 나는 그쪽으로 걸음을 옮기려다 멈칫했다. 그는 어떤 여자의 어깨를 감싸고 있었던 것이다. 놀람이 나의 발걸음을 멈추게 했다. 머릿속으로 많은 생각이 스쳐 지나갔다. 아침부터 그리 까닭 없이 즐거워했던 이유가 이것이었던가. 그를 불러 세워야 하나 말아야 하나, 따라가야 하나 말아야 하나. 내가 그 자리에 붙박여 있는 사이에 그들은 그 방을 나가고 있었다. 나는 이상하게도 뒤따라가 확인하고 싶진 않았다. 머릿속에 아무런 생각도 들지 않았다. 여기는 서울이 아닌데 어찌 이런 상황이 벌어지는지 놀랍기만 했다. 어둠 속에서 숨만 고르고 있었다.

　3층에서 곧장 1층으로 내려와 출구의 기념품점에서 그를 기다렸다. 그 시간은 무척 오랜 시간처럼 느껴졌다. 그녀는 누구일까. 동양 여자처럼 키도 아담하고 머리 색깔도 까맣던데 뒤따라가서 확인했어야 했나? 놀랍고 당황해서 그대로 혼자 나온 내가 마냥 바보 같기만 했다. 기다리면서 이상하게도 나는 그냥 쓸쓸하단 생각을 했다. 남편이 밉지 않았다. 화도 나지 않았다. 나도 반지가 있다는 것이 생각나서였을까. 왜일까. 도무지 내 감정을 나는 이해할 수가 없었다. 나는 왜 이렇게 쓸쓸하

　　　　　　　　　　　　　　　　　오직 하나뿐인

기만 할까.

오후에 떠나니 오전에 하나라도 더 보자는 남편의 얼굴은 천연덕스러웠다. 나는 어서 빨리 서울로 가고 싶었다. 화장을 하고 시계를 차고 반지를 끼려 했으나 반지는 없었다. 그냥 이곳에서 노파에게 그 반지라도 살 걸, 후회가 밀려왔다. 마음이 허전하니 손가락에 반지가 없는 것에도 가슴이 텅 빈 듯했다. 밤새 잠을 뒤척여서인지 얼굴이 부었다. 끝내 나는 그녀에 대해 남편에게 물어보지 않았다. 방이 두 개인 것이 다행이었다. 어제저녁 티브이를 보는 남편을 거실에 두고 나는 작은 방으로 들어왔다.

카탈루냐 미술관은 미술관이면서 박물관 같기도 했다. 11세기 벽화부터 현재까지의 예술품을 시대순으로 전시했다. 산중턱에 자리 잡고 있었는데 의젓하면서도 의연해 보였다. 유럽의 가톨릭을 상징하는 모든 것들이 황금으로 치장되어 있었다. 종교의 권위가 하늘을 뚫을 듯했다. 처음에는 단순한 색깔의 예수 모습이 점점 황금으로 덮인 예수의 모습으로 변해갔다. 인간이 아닌 철저한 신의 모습이었다. 황금 예수로 변해가는 과정을 눈앞에서 보고선 이 시대에 태어난 것에 감사했다. 아마 당시에 태어났더라면 마녀로 몰려 당연히 화형을 당했으리라. 다른 남자를 유혹했다는 죄목으로…….

미술관으로 들어가며 남편에게 각자 따로 보자고 했다. 사람이 살았던 흔적 혹은 발자취 보는 것을 좋아하는 남편은 박물관처럼 진열된 곳으로 갔다. 어제처럼 출구의 기념품을 파는 곳에서 만나기로 했다. 도저히 같이 다니고 싶지 않았다. 남편은 순순히 나의 말에 동의했다.

　일찍 와서인지 사람들이 별로 없었다. 오늘은 떠나는 날이니 기념품을 몇 가지 사야 했다. 가까운 사람들에게 나누어줄 간단한 선물을 고르려고 기념품점으로 들어섰다. 입구부터 천천히 물건들을 구경했다. 기념품을 몇 가지 고른 후 출구 쪽으로 가려고 몸을 돌렸다. 남편은 그때까지 보이지 않았다. 출구 쪽에서 남녀가 포옹을 막 끝내는 게 보였다. 포옹을 끝내고는 서로의 눈을 안타깝게 쳐다보는 것이었다. 영화 속 한 장면 같았다. 나에게까지 이별의 분위기가 느껴졌다. 나는 대수롭지 않게 여기다 다시 한번 보고는 깜짝 놀랐다. 남자 배우는 남편이 분명했다. 나는 그들에게 다가갔다. 여자의 눈엔 아직도 눈물이 남아 있었다. 나는 직감적으로 그녀가 어제의 그녀란 것을 알았다. 당황한 남편이 나에게 그녀를 소개했다. 홍콩 본사에 근무했던 마케팅 담당 직원이었으며 회사에 사직서를 내고 고향인 이곳으로 왔다고 그녀를 소개했다. 나는 그녀에게 웃으며 악수를 청했다. 오른손으로 악수하며 왼손으로 눈두덩을 누르는 그녀의 넷째 손가락엔 꽃잎 반지가 나를 보고 있었다. 어느 틈에 웬 여자가 우리에게 다가왔다. 베로니카였다. 언니는 이제 홍콩에서 살지 않는다고 했다.

　미술관 밖으로 나와 시내를 내려다보았다. 오늘도 하늘은 여름 날씨답지 않게 맑고 푸르고 높았다. 바람은 치맛자락을 스치며 종아리에 살랑살랑 닿았다. 앞으로 살아갈 날도 이런 하늘처럼 맑고 푸를 수 있을까. 카페에 앉아 햇빛 바라기를 하는 저 사람들처럼 평화롭게 살 수 있을까. 나는 건물 뒤편으로 갔다. 그곳에서도 시내를 볼 수 있었다. 나는 입을 벌려 소리를 내 보았다. 작은 소리였지만 멀리 퍼졌다고 생각했다. 마음속에서 메아리가 들려왔다. 그래도 시·간·은 지·나·간·다·고.

택시를 타고 공항으로 향했다. 람블라스 거리를 지나쳤다. 신호가 붉은색으로 변했다. 택시가 멈춘 곳은 노파가 반지를 팔던 노점 앞이었다. 노파는 여행객에게 반지를 보여 주고 있었다. 노파가 들고 있는 반지가 꽃잎 반지인지 아닌지 택시 안에선 알 수 없었다. 거리가 너무 멀었다. 거리엔 여전히 사람들이 많았다. 벼룩시장도 여전했다. 길가의 물건들도 여전했다. 남편을 보았다. 남편은 눈을 감고 있었다. 그가 무슨 생각을 하고 있을지 못내 궁금했지만 물어볼 엄두를 내진 못했다. 아마 그는 속으로 울고 있을지도 모르겠다는 생각을 했다. 이제는 홍콩에도 가지 않을 것이다. 나는 서울에 가면 반지를 버려야만 할 것 같았다. 꽃잎을 한 장 한 장 뚝뚝 따서 하늘로 날아올라 가게 해야지. 그리고 남편에게 새 반지를 사 달라고 해야겠다. 이 세상에서 단 하나밖에 없는 반지를 말이다. 신호가 푸른색으로 바뀌자 택시는 어두운 하늘 꽃 속으로 속력을 내기 시작했다. 알 수 없는 이 세상에 없는 꽃 속으로 달려간다고 생각했다.

돌의 기억

돌의 기억

그림에 영혼이 있을까. 돌에도 영혼이 있을까. 나는 통의동
에 있는 화랑에서 H 화가의 '오래된 돌' 전시회가 열린다는 소
식을 듣고 한달음에 그곳에 달려갔다. 그의 그림이 궁금하기
도 하고 얼굴을 못 본 지 오래되어서 한번 만나보고 싶기도 했
기 때문이다. 연락하지 않고 간 나를 그가 기다려 줄 리가 없었
다. 화가가 서울에 왔다는 소식을 듣고 그의 친구가 벌써 그를
데리고 한잔하러 갔다는 것이다. 나는 맥이 풀렸다. 화가와 작
품을 전시 첫날 보려는 욕심은 버려야 했다. 별수 없이 전시 시
간이 끝나 문을 닫으려는 관장에게 양해를 구해 전시장에 들
어갔다. 벽에 걸려있는 그림들은 전에 그가 그린 그림들과 비
슷하면서도 달랐다. 그림은 강가나 골짜기나 절터에 뒹구는

돌을 그린 것이었다. 여러 가지 모양의 돌 그림은 단순하면서도 무언가를 말하는 듯했다. 강가나 계곡에서 흔히 볼 수 있는 돌을 여러 개 그린 것이었다. 이 층 전체가 돌을 그린 그림만을 전시하고 있었는데 마치 돌들에게 호위를 받는 것처럼 돌들이 내 주위를 에워싸고 있었다. 그림들이 실제의 돌 같았다. 웬 돌을 이리 많이 그렸나. 둘러보던 나는 한 그림에 시선이 머물렀다. 그것은 탑 일부분을 그린 듯했다. 흰색 배경에 흐릿하면서도 맑고 투명해 보이는 몇 개의 돌을 쌓아 올려 탑 모양을 그린 그림이었다.

나는 그 그림 앞에서 우뚝 걸음을 멈추었다. 자석에 끌리듯이. 그리고 자세히 들여다보았다. 단순하면서도 무언가를 말하는 듯했지만 그것이 무엇인지는 처음 보아서는 알 수 없었다. 그런데도 나는 그냥 지나칠 수 없었다. 뒤로 몇 걸음 물러나 또 보았다. 이상하게 시선이 갔다. 그림 제목은 '오래된 돌'이었다. 전시 제목과 같았다. 전시장의 모든 그림에는 같은 제목이 붙어 있었다. 눈짐작으로 10호 정도 되는 크기의 그림이었다. 대개 제목 옆에는 그림의 크기를 써놓는 것이 관람객에 대한 예의인데 크기는 적혀있지 않았다. 관람객은 오로지 나 혼자뿐이었다. 탑 모양의 돌 앞에 서 있으니 나도 알 수 없이 저절로 예전의 기억이 떠올랐다.

"이 돌 잘 간직해. 알았지."
그가 돌 하나를 주며 다정하게 말했다. 여기 이 골짜기에서 가장 멋진 돌이야. 네 손안에 꼭 들어갈 거야. 그는 부대에서 외출을 나올 때마다 고르고 고른 돌이라며 사람 눈 모양이 있는 돌 하나를 내 손에 쥐여 주었다.

"돌에 눈이 있어. 네 눈을 닮은 돌. 너는 이 돌 하나만 잘 간직하면 돼. 나는 여기에 너를 죽을 때까지 묻어 둘 거야."

자신의 가슴을 가리키며 웃던 그의 모습이 지금도 어렴풋하게나마 기억난다. 나 자신에게 스스로 '나의 청춘'이라 호칭했던 시절은 '사랑은 단 한 번뿐'이라는 최면에 빠진 시절이기도 했다. 흔히들 말하듯이 참으로 순수한 시절이었다. 그가 초년병 군인이었던 것처럼 나에게도 처녀 시절이었다. 지금처럼 통신시설이 발달하지 못해 전화조차도 마음대로 할 수 없었던 그런 시절의 사랑 하나. 사랑의 마음도 그림으로 그릴 수 있을까.

다행히 면회가 허락되어야만 그를 볼 수 있었던 날들, 어느 때는 그를 보지 못하고 되돌아온 날도 있었다. 훈련이나 이유 없이 면회가 되지 않던 날의 허망하고 쓸쓸한 마음은 다시는 그를 만나러 오지 않겠다는 오기를 부리게 만들기도 했다. 허락된 몇 시간만이 그와 보낼 수 있었던 시간의 전부였다. 이른 아침부터 서둘러 떠나도 점심때가 지나서야 겨우 도착할 수 있었던 곳. 그런 곳에 그가 있었지. 지금은 거기가 어디인지 기억나지도 않고 가 볼 엄두도 내지 못한다. 그를 만나면 내 인생이 뒤바뀌어질 것만 같아, 가슴속 한구석에 담아놓고만 있었던 날들은, 마치 찾아보면 그를 잃어버릴 것만 같았던 날들이었다.

버스를 세 번 갈아타야 닿을 수 있었던 곳에 그가 있었다.

얼굴 한번 보고 헤어지며 집으로 돌아올 때마다 가졌던 다섯 시간의 마음은 빈 들판에 혼자 서 있는 듯 허전했다. 만난 기쁨과 다시 만날 기대로 가슴 떨렸던 버스에서의 그 시간들. 텅 빈 버스 안에 승객이라곤 달랑 나 하나였다. 기사 아저씨조차 무서웠던 스무 살 무렵의 그날들이, 헤어질 것을 뻔히 알면서 만남을 이어가는 제어할 수 없는 어떤 힘이, 사랑이었을까. 차창 밖을 보면 산에는 나무만이 우거졌었다. 우거진 숲조차 답답하게 보이기만 했다.

　서울 다방, 서울 여인숙을 끼고 돌아가면 바로 계곡의 끝, 골짜기 외에는 둘의 몸을 숨길 데가 없었다. 지금은 영화에서만 볼 수 있는, 느끼하고 눅진한, 다방이라 불리던 하나밖에 없었던 서울 다방은 그곳의 유일한 다방이었다. 부대가 있기에 형성된 마을에 따라온 여자들이 껌을 짝짝 씹어대며 서울 여대생을 바라보던 칙칙하면서도 선망 어린 눈들을 나는 애써 외면했었다. 찻잔을 거칠게 내려놓으며 나를 쳐다보던 그녀들의 눈빛을 받아내느라 애써 숨을 고르던 순간들이 떠오른다. 비아냥과 비굴함이 함께 섞인 묘한 눈은 다시는 이런 곳에 오고 싶지 않다는 생각을 갖게 했다. 지금은 그곳이 어디인지 전혀 기억나지 않는다. 오래전의 지명은 생활 속에서 잊히고 사라졌다. 다만 골짜기에 들어서면 안온했던 기억들. 봄날의 바람은 부드러웠고 여름의 물은 시원했으며 가을의 햇볕은 따가웠다. 그리고 돌들을 가지고 물수제비를 하며 놀았던 기억들만이 잊히지 않았다. 나는 그가 찾아온 어느 봄날, 쌀쌀하였으나 살랑살랑 귀를 간질이던 바람을 생각했다.

수업이 끝나고 점심을 먹기 위해 친구들과 재잘거리며 학교 언덕을 내려오는 중이었다. 교생 실습할 학교는 정했니? 응. 늦게 신청했더니 집에서 먼 학교로 배정받았어. 공립 중학교야. 집에서 너무 멀어 약간 걱정이 되네. 점심은 무얼 먹을까 하며 조잘조잘하고 있는데 인희야, 저 아래 수위실에 있는 군인 아저씨가 아까부터 우리를 보고 손을 흔들고 있는데 너 아는 남자니? 친구가 웃음을 머금고 놀리듯이 말했다.

나는 주위를 둘러보았다. 우리만이 남아 있었다. 다들 어디로 간 거야. 배가 고파서 일찍 교문을 빠져나갔나 보다. 군발이가 사람이니 군인이지 하며 교문 근처 수위실로 다가갔다. 당시엔 여자 대학교에 남자가 허락 없이 학교 안으로 들어올 수 없는 시절이었다. 어이. 인희 씨. 군인이 내 이름을 불렀다. 나는 놀라 군인을 쳐다보았다. 사실 군복을 입고 여대를 찾아오는 강심장의 남자가 그리 흔치는 않았다. 일 년에 한두 번 볼까 말까 한 사건이었다. 더군다나 군인에겐 어렵고 힘든 일이었을 것이다. 우리는 군인을 동정하기도 하고 슬며시 곁눈으로 비웃듯이 쳐다보며 놀리기도 했었다. 남자다운 배짱과 여자를 향한 사랑의 정도를 가늠하기도 했었는데 그것은 일종의 흐뭇한 재미이기도 했었다. 한편으론 호기심도 일었고 은근한 질투심과 누군가에 대한 선망도 가지고 있었던 터였다.

그는 그렇게 마지막 휴가를 나를 찾는 데 쓰고 있었다. 이제 일 년만 있으면 제대야. 널 이 년 동안이나 그리워했으면 된 거야. 내 눈을 쳐다보며 절박하게 말하는 그의 눈빛을 보는 순간 나는 숨이 멎은 듯했다. 그를 처음 보았을 때 내 가슴을 찔렀던 그 눈빛이었다. 가슴이 멈추어 버린 나는 그 자리에서 꼼짝할 수 없었다. 숨을 쉴 수도 없었다. 나를 사로잡았던 저 눈빛. 휴가 마지막 날 그가 찾은 것이 나라는 사실이 놀랍기도 하고 당황스럽기도 했었다. 그는 군대에서 나만을 생각하고 찾지 않으려고 많은 노력을 했었다고 했다. 사랑은 복병처럼 나에게 침투했다. 알 수 없는, 확실치 않은 미적지근한 마음의 감정이 확실하게 다시 끌어올려졌다. 다음날 그는 복귀했다. 나는 늦었다고 말해야 했는데 그러지 못하고 끌려가는 감정을 절제하지 못했다. 나에겐 집에서 정해준 약혼자가 있었다. 걱정스레 나를 쳐다보는 친구의 눈빛을 나는 무시하기까지 했다.

갤러리 안은 무척 조용했다. 적막하기까지 했다. 나는 탑 모양의 그림에서 옆의 그림으로 시선을 옮겼다. 그제야 손님이 들어온 줄 알았는지 음악 소리가 들려왔다. 음악을 들으며 중앙에 놓여있는 의자에 앉아 갤러리 입구에서 가져온 팸플릿을 들여다보았다. 약력, 주요 개인전, 주요 단체전. 이런 글귀들을 읽다가 이런 문장이 눈에 들어왔다. '오래된 돌에는 늙은 빛이 산다. 서로 넘나들며 푸른 이끼로 산다.' 이번 전시의 주제가 이것이었음을 새삼 깨닫는다. 언제인가 화가에게 받은 책이 생각났다. 『예술에 있어서 정신적인 것에 대하여』라는 책이었다. 지은이가 누구인지 생각이 나지 않는다. 처음 몇 장을 넘겨보았지만 철학적이고 형이상학적인 문장을 읽어내기 어려워 치워두었던 책이었다. 다만 책의 제목만이 좋았을 뿐이었다. 예술에 있어서 정신적인 것은 화가가 그린 그림을 보는 사람 입장에서 마음대로 상상하며 감상하는 것이 아니겠느냐는 아주 상식적인 수준의 생각밖에는 들지 않았다. 어려운 미술이론까지 알고 싶지 않았다. 나는 다만 감상자로서 그림의 아름다움을 느끼고 싶은 것뿐이었다.

언젠가 예술의 전당에서 본 마크 로스코가 생각났다. 마크 로스코는 그림이 구원으로까지 갈 수 있다는 믿음을 가지고 있던 화가였다. 자신의 그림에서 영성을 느낄 수 있다고 했다. 휴스턴에 있다는 그의 명상센터를 보면서 한 번쯤은 가보고 싶다고 생각하며 미술관을 나온 기억이 났다. 명상을 하면 지금의 나에게도 늙은 빛이 살아날까. 서로 넘나들 사람은 있는 것일까. 푸른 이끼로 살아가고 있다는 것은 젊은 정신으로 살아가라는 뜻이겠지. 다시 한번 팸플릿을 들여다보았다. 다음 장을 넘기니 조금 전에 발길을 멈추게 했던 그림이 나왔다. 나는 다음 장을 또 넘겨보았다. 이번에는 골짜기에 널려있는 돌들의 그림이었다. 탑 모양의 돌이 아니라 골짜기의 돌을 그린 그림이었다. 몇 년 전의 그 골짜기의 돌 속에 내 기억의 눈동자는 머물렀다.

희끗희끗 남아있는 잔설을 밑에 깔고 있는 돌들이 두드러져 보였다. 다행히 바람은 불지 않았다. 겨울 햇빛은 따사로웠다. 적당한 곳에 편편한 돌을 골라 준비해 간 무릎 담요를 그 위에 깔았다. 편의점에서 사 온 소주와 컵과 담배와 라이터를 꺼냈다. 몇 개의 돌을 주워 돌을 쌓았다. 그는 내가 하는 행동을 말없이 지켜만 보았다. 그의 얼굴이 점점 침울해졌다. 나도 할 말이 없었다. 앉아요. 그가 앉았다. 우리 잠시 묵념할까? 그는 내가 무엇을 하려는지 벌써 알아채고 있었다. 나는 눈을 감았다. 이십 대 초반의 내가 혼자 할 수 있었던 것은 무엇일까. 무엇을 할 수 있었을까. 혼자 감당하기에는 너무 어린 나이였다. 그때의 괴롭고 서러웠고 힘들었던 감정이 되살아났다. 눈물이 흘러내렸다. 그가 조용히 다가와 나의 손을 잡았다. 따뜻한 손이었다. 실컷 울어. 그래 알아. 알고 있었어. 내가 무엇을 할 수 있었겠니. 탈영할 수는 없었어. 미안해. 미안하다. 그도 울음을 참으며 말했다. 그가 나를 안았다. 어디선가 새의 소리가 난 듯했다. 환청인가. 그가 나의 입술에 그의 입술을 포개었다. 깊고 다정한 입맞춤이었다. 그의 혀가 나의 울음소리를 덮었다. 따뜻한 기운이 몸을 휘돌았다. 나는 눈을 감았다. 새소리는 들리지 않았다. 이제 술을 따라야지. 쌓아놓은 돌에 소주 한 잔을 붓고 서로 마주하고 마셨다. 의외로 소주는 달콤했다. 담배도 한 대 피워 봐. 눈물을 흘리며 담배를 피웠다. 가슴속의 무언가가 담배 연기와 함께 빨려 나가는 듯했다. 안녕. 나의 아기. 이제 행복하게 떠나렴. 아빠와 엄마가 너를 보낸다. 세상에 태어나 보지도 못한 생명. 잘 가렴. 새소리가 다시 들렸다. 새는 보이지 않았다.

　어릴 때부터 엄마에게 자주 들었던 말은 나를 평생 가두어 놓았다. 절대로 살아있는 것을 죽이지 마라. 미물이라도 생명은 소중한 것이다. 개미는 물론 모기도 죽이지 못하는 엄마의 생활신조 제 일 번 원칙이었다. 엄마의 뼈에 사무친 경험에서 나온 말이라는 것을 나는 안다. 엄마의 가슴에 묻힌 자식은 어떻게 하면 없어질까. 엄마의 오랜 슬픔을 보아온 나는 자식은 어떤 이유로든 절대 죽으면 안 된다는 공포에 가까운 경험을 가지고 있었다. 슬프게 살고 싶지 않았다. 나는 오랜 세월의 죄책감을 털어내고 싶었다.

그날 이후 나는 그를 만나지 않았다. 전화가 와도 받지 않았다. '보고싶고만나고싶다여전히사랑한다'는 메시지에 찍힌 그의 문자도 무시했다. 책 읽는 모임에도 그림 보러 다니는 모임에도 나가지 않았다. 외출도 물론 하지 않았다. 집에만 틀어박혀 있었다. 시집을 읽고 음악을 들었다. 잠시 마트에만 다녀왔고 간신히 가족들의 식사만을 겨우겨우 챙겼다. 남편은 여전히 나에게 무관심했다. 차라리 나에게는 그편이 나았다. 잡아놓은 물고기는 주인의 보살핌을 받지 못하는 법이라는 말을 들었다. 사랑받지 못한다는 뜻일 것이다. 내가 남편에게 잡혀 있었던 이유는 무엇일까. 관습과 일상에 묻혀 서서히 무너져내린 나였을까. 나 스스로 잡혀있었던 것은 아닐까. 편안함에 길들여져 일부러 나를 찾지 않은 것인지도 모르겠다.

한번은 내가 남편에게 물었다. 왜 나와 사느냐고. 당신은 왜 나와 살지. 그가 되물었다. 그 질문은 급소였다. 내가 그와 살며 마음속으로 되묻곤 했던 말들이었다. 왜 나는 그와 사는 것일까. 나는 남편에게 미안했다. 다른 남자가 내 가슴속에 있어, 라고 대답을 할 수는 없었다. 당신이 나의 조강지처니까 사는 거야. 어려운 시절 내 옆에 있어 주어서 고마워서 사는 거지.

남편의 간단하고 명료한 대답이 돌아왔다. 그는 내가 편안하다고 느끼는 것일까. 나는 그가 어떤 행동을 해도 참아줄 수 있었다. 당연한 의무처럼 그의 말에 따랐다. 그가 나에게 무심하고 무신경해도 참아낼 수 있었다. 그의 무심함은 특히 여행을 함께 할 때마다 드러났다. 그는 자신이 해외 출장을 갈 때 가끔 나를 데려갔다. 휴가가 없을 만큼 바쁜 남편은 이렇게 같이 가는 것만이라도 만족하라며 잊지 않고 생색내듯 말했다.

그러나 LA 오렌지카운티 공항에 도착했던 날, 나는 더는 참을 수 없게 되어있었다. 애틀랜타에서 비행기를 탄 지 다섯 시간 만이었다. 나는 부지런히 발걸음을 놀리는 남편을 따라 짐 찾는 곳으로 향했다. 아주 늦은 시간이었지만 공항 안은 사람들로 북적이고 있었다. 프랑크푸르트에서 온 비행기가 같이 도착했기 때문이었다. 많은 사람 틈에서 배기지 클레임에서 나오는 짐을 찾았다. 남편은 빠른 걸음으로 터미널을 빠져나와 택시 타는 곳으로 향했다. 나는 양손에 여행 가방을 끌며 남편 뒤를 졸졸 쫓아갔다. 뒤 한번 돌아보지 않고 앞만 향해가는 남편이 야속했다. 어디를 가나 마찬가지였다. 서울이나 홍콩이나 도쿄나 어느 거리에서든 부지런히 혼자만 앞을 향해 전진하는 것이 그의 변함없는 행동 원칙이었다. 아마도 그래서이나마 살 수 있는 것인지도 몰랐다.

특히 미국은 자주 가는 나라 중 하나였다. 미국 본사 직원인 앤드루는 그런 남편을 럭키맨이라고 부르며 나를 챙겨주었다. 내가 말없이 따라다니는 것이 이상하게 보였나 보다. 홍콩 태생의 화교 아내와 사는 그에게는 있을 수 없는 광경이었다.

　　　　　　　　　　　　　돌의 기억

나는 강하게 자기주장을 하며 사는 그의 아내가 부러웠다. 나도 그녀처럼 살 수 있을까. 그녀는 남편 뒤를 쫓아다니지 말고 남편 옆에 어깨를 함께하며 자기처럼 걸으라고 했다. 아주 당당한 화교 여자였다. 짐을 끄는 왼쪽 어깨가 아팠다. 한 번 부러졌던 어깨는 육 주 만에 뼈는 붙었지만 계속된 통증으로 물리치료를 받는 중이었다. 무거운 짐들을 옮기느라 무리했는지 통증이 도졌다. 실은 이미 서울에서 출발할 때부터 내 인내심은 바닥에 닿아 있었다. 급히 출장을 따라오느라 치료를 다 마치지 못했을뿐더러 처방받은 약까지 챙겨오지 못할 만큼 나는 힘에 부쳐 있었다. 그러면서도 남편에게 필요한 혈압약, 소화제, 지사제, 종합감기약, 홍삼, 공진단까지 챙겨온 나였다. 그런 바보 같은 나를 스스로 책망하며 아픔을 참는 수밖에 별도리가 없었다. 처방전을 여기 미국에서 어찌 구할 것인가. 참을 수밖에 없었다.

호텔로 가는 내내 남편과 나는 아무 말도 하지 않았다. 피곤했다. 식사다운 식사를 한 끼도 하지 못했다. 배가 고팠지만 먹을 만한 곳도 없었다. 호텔에 체크인 절차를 밟고 나니 자정이 넘어있었다. 방에 들어오자마자 남편은 침대에 두 팔과 두 다리를 벌리고 누웠다. 나는 여행 가방에서 남편의 옷들을 꺼내 옷장에 걸어 두고 다리미판과 다리미를 꺼냈다. 다음날 입을 와이셔츠와 바지를 다렸다. 아무 생각도 아무 말도 하지 말자고 스스로 다짐했다. 피곤해 쓰러질 지경이었지만 꼭 해야 하는 일들이었다. 커피를 내려 마시며 이번 여행에 나를 데리고 온 남편의 의도를 생각했다.

남편의 바람은 언제부터였을까. 한 번의 실패를 딛고 다시 시작한 사업은 그런대로 상승곡선을 그리고 있었다. 아마도 그때부터였을 것이다. 친구가 꼬이기 시작하고 남편은 사업을 빌미로 서서히 집에 들어오는 시간이 늦어졌다. 성실하던 그도 결국은 젊고 아름다운 여자 앞에서는 무너졌다. 성공한 남자들의 당연한 순서라고 친구는 내버려 두면 다시 제자리로 돌아올 것이라며 이혼을 생각하고 있던 나에게 기다리라고 충고했다. 어쩌면 나의 무관심이 그를 자극했는지도 모르겠다. 알면서도 모른척했던 나의 행동이 그를 더욱 불 지르게 했는지도 모른다. 남자의 바람은 삼 년이니 삼 년만 기다리라고 엄마는 아무것도 모르면서 나를 위로했다.

　　나는 그의 바람을 무시했다. 철저한 무관심으로 대응했다. 성격이 맞지 않는다는 것은 성적으로 안 맞는단 뜻이라는 우스갯소리를 하면서. 그는 나의 관심을 요구했다. 그가 나의 마음을 알아채고 있었던 것일까. 다른 사람을 품고 사는 나를 그도 알고 있었을까. 바람을 피운 건 남편이었지만 정작 나는 항상 그에게 미안했다. 미안함은 그를 너그럽게 대하게 했다. 나는 미안한 마음과 관심을 갖는다는 건 전혀 다른 별개의 감정이라 여겼다.

　　물론 남편은 성실한 사람이었다. 다만 시댁에 너무 충실히 하려고 한 것이 나와의 관계를 나쁘게 만들었다. 시어머니는 끝없이 장남에게 사랑을 요구했다. 말이 좋아 떨어져 사는 것이지 신경을 쓰거나 정서적인 면에서는 결혼 전과 마찬가지로 여전했다. 그대로였다. 그들 모자간의 끈은 너무 질겨 나

　　　　　　　　　　　　　　　　　　돌의 기억

는 그 줄에 함께 엮이지 않았다. 물론 말수가 적은 며느리를 식구로 받아들이기도 쉽지는 않았겠지만 시어머니가 세상을 뜰 때까지 나는 그들과 관계없는 사람이었다. 나는 예의만을 지키고자 노력했다. 맏며느리의 의무와 도리만을 다짐하며 살았다. 그나마 한때 사이가 좋았던 신혼 시절이 있었기에 유지되는 그와 나의 결혼 생활이었다. 남편은 시어머니의 그늘에서 도망치려 했던 나를 못마땅해했다. '당신만 참으면 집안이 조용할 텐데'가 그의 단골말이었다. 그 시절이 지금까지 이어져 타성처럼 살아온 삼십 년. 남편의 성실함 하나만을 보고 결혼한 나는 과거는 모두 잊으려 애썼다. 아이에게만 충실했을 때라고 한정 지을 수만은 없었다. 이제 아이는 다 커서 독립을 했다.

　나는 베란다에 가서 가만히 돌을 쥐어보곤 했다. 돌들을 만지면서 어디선가 나를 그리워하고 있는 사람을 언젠가는 만나리라는 상상을 했다. 모아놓은 돌들을 하나하나 만지고 쥐어보고 나면 가슴속이 따뜻해졌다. 한때 돌을 모으는 것이 재미난 적이 있었다. 거창하게 수석을 모으는 것은 아니었고 여행을 다니다 눈에 띄는 돌이 있으면 주워 오거나 기념품점에서 돌을 한두 점 사거나 하는 정도였다. 출국장에서 걸리지 않을 정도의 자그마한 돌을 몇 개 가져와 작은 독에 모아 놓았다. 어느 여행지에서는 여행객들이 사진 찍고 주변 경치에 눈을 돌릴 때 주변의 돌을 주우며 범법자처럼 가슴이 콩닥콩닥 뛰기도 했고 공연히 마음에 찔려 기념품점에서 비싼 장식용 돌을 곁들여 사기도 했다. 남편을 따라간 독일 프랑크푸르트에서는 마침 크리스마스 마켓이 열리는 동안이라 색색의 돌을 왕창 사 오기도 했다. 친구와 함께 간 앙코르 와트에서는 지천으로 깔린 돌을 아무 거리낌 없이 가져오기도 했다. 자국의 문화재를 지키지 못하는 후진국에서 나는 별 양심의 가책도 없이 돌을 무심히 주웠다. 나의 행동을 이상하게 보는 사람도 없었다. 무겁게 돌을 왜 가져가느냐는 친구의 물음에 나는 그냥 이라고만 대답했다.

여행에서 돌아오자마자 제일 먼저 하는 일은 돌을 정리하는 일이었다. 베란다의 장독 안에는 돌들이 가득했다. 나는 한밤중에 일어나 돌들을 만졌다. 멀리 보이는 가로등의 불빛만이 밤을 밝혀준다고 생각되는 날이면 더욱 오랫동안 돌들을 만지고는 했다. 그러면 손에 쥔 돌을 통해 그때 그곳에서의 여행 기억이 떠올랐다. 남들은 사진밖에 남는 것이 없다고 하지만 나에게는 돌들이 그러했다. 그중에서도 한 개의 돌은 확연히 눈에 띄었다. 내 눈을 닮은 눈을 가진 돌. 오랜 세월을 함께한 돌이었다. 언젠가는 주인에게 돌려주어야 할 돌이었다. 나는 다시 돌을 쥐어 보았다. 그의 모습은 어디론가 없어지고 뭉게구름처럼 그리움만이 손에 가득했다.

시어머니가 시름시름 앓더니 응급실에서 중환자실로 옮겨 간 지 이틀 만에 갑자기 세상을 떠났다. 남편은 장례식장에서 굳은 결심을 한 목소리로 가족들에게 말했다.

"어머니마저 돌아가셨으니 우리는 부모가 없는 거야. 나는 장남으로서 너 열심히 동생들을 보살피겠어."

나는 속으로 외쳤다.

'이제 그만해. 당신 동생들 나이가 어지간히 들었어. 무얼 보살펴 준다는 거야. 그들 스스로 잘들 살고 있잖아.'

이제는 내가 남편을 버릴 차례인지도 모른다는 생각을 그때부터 어렴풋이 하고 있었는지 모르겠다. 그날 이후 나는 그의 해외 출장에 빠짐없이 따라나섰고 혼자 여행을 다니기 시작했다. 몽골의 초원에서 높고 파란 하늘을 보았다. 가슴에 몽골의 바람을 담아왔다. 터키의 이스탄불, 사랑의 언덕에서는 그를 생각했다. 자주 다닌 제주의 바다에서 오래오래 파도 소리를 들었다. 파도가 지난 시간을 가져가기를 기도했다. 여행을 다니니 의무와 책임이라는 등짐이 점점 가벼워졌다. 자유라는 단어가 흘러나오기도 했다. 혼자 하는 여행은 고생스러웠지만 그런 내가 대견하기도 했다. 자기를 찾는 여행, 여행은 힐링이란 말이 매스컴에 자주 등장했다. 베스트셀러 목록에 여행책이 맨 앞에 오르기도 했다. 여행이 대세였다. 나는 남들보다 먼저 '나를 찾아 떠나는 여행'을 했던 셈이었다.

여행에서 돌아온 나는 집안을 더욱 반짝반짝 빛나게 했고 음식은 식구들의 입맛에 맞게 정성을 다했다. 베란다에 꽃과 나무를 새로 들여놓았다. 이제 돌들을 버려도 괜찮을 것 같았다. 이제 비로소 때가 온 것이다. 돌들과의 인연을 끊을 때가 온 것이다. 나는 마음의 힘이 세어졌다. 책상 위 노트북을 열었다. 그의 이름자를 네이버 검색창에 넣고 엔터를 눌렀다.

갤러리에서 돌 그림을 보며 이런저런 생각을 하다가 H 화가를 만난 날을 떠올렸다. 내가 H 화가를 처음 만난 건 제주에

서였다. 어느 문학 단체에서 기획한 '올레 문학, 미술 기행'에
서였다. 그러잖아도 시간이 날 때마다 전시회장을 찾아가던
나에게는 귀에 혹하는 여행 소식이었다. 대개가 교사인, 몇 명
의 친구들과는 방학 외에는 만날 기회가 별로 없던 나는 여행
을 다니고 싶어도 혼자이기에 망설이기만 했었다. 그러니 이
런 드문 기회는 놓치면 손해라는 생각이 들었다. 제주 공항에
도착하여 대절해 놓은 관광버스에 올랐다. 삼십여 명의 사람
들이 여행의 기대감에 들뜬 표정들이었다. 대개가 여자들이었
다. 큰 키, 동그란 안경, 긴 머리를 단정히 빗어 묶은 한 남자가
눈에 띄었다. 울긋불긋한 색감의 면으로 패치 작업한 헝겊 가
방은 어깨에서 흘러내릴 듯 말 듯했다. 아주 독특한 문양의 매
혹적인 가방이었다. 화가가 메고 있어서 더욱 눈이 가는지도
몰랐다. 매우 색다른 모습이 첫눈에도 그가 화가임을 알아차
릴 수 있게 했다. 독특한 인상 때문인지 낯설어서인지 아무도
그에게 말을 붙이는 사람이 없었다. 그는 이런 것에 익숙한 듯
말없이 혼자 걷고 있었다.

　"저는 자연에서 재료를 가져와요."

　화가는 걸어가며 느린 어투로 또박또박 말했다.

　"친환경 재료군요."

　나는 미소를 지었다.

　화가에게 그림의 재료는 그림의 개성을 나타내주는 가장 중
요한 무기인데, 아마 제주에서 전시하게 되면 제주의 돌인 현
무암을 사용할 것이란 짐작이 갔다. 그는 걸어가면서도 그림
재료가 될 만한 장소에서는 잠시 멈추고 유심히 보고 만지며

냄새를 맡았다.

이번에 전시된 돌을 그린 그림들도 아마 돌을 재료로 사용했을 것이었다. 돌들을 갈아 아크릴과 섞은 것일까. 그림을 자세히 보았다. 그러면 저 반짝반짝 빛나는 것은 무엇으로 그린 것일까. 궁금증이 일어 알고 싶었으나 화가는 여기에 없고 술을 마시러 갔다는 생각이 들자 나는 그가 있는 곳으로 가서 당장에 묻고 싶었다.

왜 나는 돌에 이리 집착하는 것일까. 몇 년 전의 그 돌이 생각나서일까. 아니면 예전의 그 골짜기에서의 사랑이 그리워서일까. 다 지나간 일들이었다. 가슴속에서 이미 지운 일들이었다. 밀린 숙제를 마친 학생처럼 홀가분했었는데 새삼스럽게 왜 그런지 나도 알 수 없다. 완전한 지움은 없는 것인가. 깨달음을 연구하는 화가는 설명해 줄 수 있을 것만 같았다. 그의 연구논문이 그림에서 깨달음을 느낄 수 있는가가 아니던가. 그는 그림을 그릴 대상에 수없이 많은 말을 걸어 사랑까지 한 다음에야 비로소 그림을 그릴 거라는 막연한 추측을 했다. 그림을 완성하면 사랑은 어떻게 되는지 그에게 묻고 싶었다. 제주에 다녀온 후 그가 전시를 열었고 그날 나는 특이한 경험을 했다.

전시를 마련한 단체에서 전화가 왔다. 제주도에서 만난 화가 아시죠. 전시하니 오셔서 만나보세요. 좋은 기회일 겁니다. 그리고 갤러리 하루만 봐줄 수 있으세요? 알바가 그날 나올 수 없다고 해서요.

갤러리 안은 따뜻했다. 지하라서 더 따뜻한지도 몰랐다. 출입문을 열자마자 입구에 있는 안내 책상으로 가서 방명록과 펜과 브로슈어를 위에 꺼내 놓았다. 그리고 안쪽 깊숙한 곳에 있는 사무실에서 커피 한 잔을 가져와 갤러리 안 중앙의 의자에 앉았다. 등 뒤에 있는 그림은 볼 수 없지만 전시된 그림은 거의 다 볼 수 있는 위치였다. 앉아서 보는 그림은 서서 보는 것과는 달리 보였다. 보는 눈높이가 달라서만은 아닌 것 같았다. 주위는 조용했다. 고개를 돌려 그림들을 쳐다보았다. 알 수 없는 공기가 나를 에워싸고 있는 듯이 느껴졌다. 평안했다. 나의 몸에 에너지가 가득 차는 것 같은 이 느낌은 뭐지. 알 수 없는 신비함에 나는 어리둥절했다. 다시 그림들을 둘러보았다. 마찬가지였다. 눈을 감았다. 어떤 힘이 나를 에워싸는 이 느낌은 무엇인가. 이상했다. 눈을 떴다. 그림에서 나오는 힘일까. 그림 자체에서 느껴지는 편안하고 평화스러운 기운이 앉아있는 자리에까지 스며들었다. 이상한 체험이었다. 모든 그림이 나에게 다가온 느낌. 이게 예술의 힘인가. 정말 그림에 영혼이 있을까. 갤러리를 지키는 하루 봉사치고는 대단한 경험이었다. 그날 이후 나는 화가의 그림에 관심을 더욱 가지게 되었고 그의 전시회가 열릴 때마다 일부러 찾아가 그림을 보았다.

"나랑 어디 좀 같이 갈래요?"
나는 간절한 마음으로 남편에게 물었다.
"나 골프 약속이 있는데…."
갈 수 없다는 뜻이다. 언제 나를 위해 시간을 내준 적이 있던가.

돌의 기억

"알았어요."

하루도 허투루 보내는 시간이 없는 남편의 철두철미함을 모르는 것은 아니었다. 살다 보면 문득, 어떤 알지 못하는 힘에 이끌릴 때가 있다. 그때가 그랬다. 어떤 조바심이 나의 내부에서 꿈틀거렸다. 그러나 남편을 설득할 명분이 없었다. 더군다나 부모가 죽어도 골프 약속은 지켜야 한다는 남편의 규칙을 깨기에 내 계획은 남편에게 대수롭지 않은 일인지도 몰랐다. 나는 내비게이션에 목적지를 찍었다.

고속도로에는 차가 그리 많지 않았다. 춘천 버스터미널에 잠시 차를 세워놓았다. 편의점에 들어가 물과 커피를 샀다. 예전 면회를 갔을 때처럼 춘천에는 꼭 들르고 가야만 했다. 죽은 사람이 노지를 돌듯이. 차는 화천 방향으로 나아갔다. 한 시간쯤 지나 호수에 도착했다. 차를 주차장에 세워놓고 뒷좌석에서 종이상자를 꺼냈다. 호수가 내려다보이는 근처 식당으로 들어갔다. 창문 쪽으로 자리를 잡고 생선회와 소주 한 병을 주문했다. 식사 시간이 지나서인지 식당에 손님이 하나도 없었다. 다행이었다. 여자 혼자 와서 술 마시는 청승맞은 모습을 보이지 않아도 되었다. 창문으로 호수를 바라보았다. 옛말처럼 물은 변함이 없이 그 자리에 그대로 있었다. 나는 선착장 근처로 내려갔다. 물은 깊었다. 가져온 종이상자를 열고 돌을 꺼냈다. 내 눈을 닮은 돌이 나를 보고 있었다. 나는 마음속으로 돌에 작별 인사를 했다. 잘 가라. 나의 인연. 나의 시간아. 나는 있는 힘을 모아 돌을 호수에 던졌다.

갤러리 삼 층에 전시된 그림을 보고 이 층으로 내려오면서 오래된 돌 그림을 다시 보았다. 화가에게 전화를 걸었으나 받지 않았다. 내일 또 오겠다고 관장에게 말하고 화장실 쪽을 향했다. 벽을 돌아가면 화장실이었다. 화장실 옆 벽에 작은 그림이 걸려있는 것을 그제야 보았다. 다른 그림들과 마찬가지로 돌 그림이었는데 전시된 그림들과 전혀 다른 돌 그림이었다. 눈 모양을 한 돌 그림이었다. 나는 깜짝 놀랐다. 저 돌은 호수에 던진 돌과 모양이 똑같았다. 나는 가까이 다가가 자세히 들여다보았다. 틀림없는 그 돌이었다. 색깔이며 형태가 같았다. 마치 깊은 호수에서 빠져나와 그림 속으로 들어간 듯했다. 알 수 없는 일이었다. 호수 속 돌이 왜 저기에 들어가 있지. 궁금했지만 화가에게 또 전화를 걸 수는 없었다. 돌이 나에게 말하고 싶은 것이 있단 말인가. 나는 그림 속의 돌 앞에서 눈을 감고 돌의 말을 기다렸다. 아직도 여기 계세요? 하는 관장의 목소리에 마치 돌이 말을 하고 있다는 착각에 빠졌다. 돌은 내가 항상 그곳에 있기만 한다는 투로 말하고 있었다. 나는 항상 그곳에 있었던가 생각해보았다. 그것이 뭔지 몰라도 항상 여기에 있었다고 대답하고 싶었다. 그곳이 어디일까. 그러면서 나는 돌에도 영혼이 있을까, 라는 물음을 다시 한번 떠올렸다. 너무 오래 있었죠? 나는 대답했다. 그러자 돌 그림 속을 배경으로 관장의 얼굴이 나타났다. 아직도 여기 있느냐는 말은 관장의 물음이었다. 나는 퍼뜩 얼굴을 들고 관장님도 퇴근하셔야죠, 하고 말했다. 관장은 머리를 끄덕였다. 관장이 뒤돌아선 것을 보고 나서 나는 채 볼일도 보지 못하고 계단으로 발걸음을 옮겼다. 계단을 한 걸음씩 옮겨가면서 나는 돌 속으로 걸어가는 것일까, 생각했다. 나는 천천히 한 발짝씩 내려왔다.

갤러리를 나오니 어스름이 깔린 저녁이었다. 혼자 중얼거렸다. 그림엔 영혼이 있어. 돌에도 물론 영혼이 있지.

나도 기억이 되살아나는 편이라 해야 옳았다. 거리엔 불이 하나둘 밝혀지고 있었다. 퇴근 시간인지 사람들이 제법 많았다. 나는 경복궁역 쪽을 향하여 천천히 걸어갔다.

객관적 상관물의 활용과 서사공간의 확장

– 이희단 소설집『청나일 쪽으로』–

해설

김종회(문학평론가, 전 경희대 교수)

객관적 상관물의 활용과
서사공간의 확장

1. 우리 시대 소설의 새로운 얼굴

　이희단은 2015년 계간 《문학나무》에 「돌의 기억」을 발표하면서 문단에 나왔다. 그로부터 8년의 기간에 쓴 8편의 단편소설을 묶어 첫 창작집 『청나일 쪽으로』를 상재한다. 한 작가의 첫 작품집인 만큼, 여기에는 그의 소설이 갖고 있는 특징적 성격과 더불어 앞으로의 진행 방향을 예단하게 하는 여러 요소가 잠복해 있다. 마치 이청준의 「퇴원」이나 전상국의 「동행」이 각기의 소설 세계에서 하나의 방향지시등이 되었듯이 이희단의 소설들 또한 그렇다. 그의 이 소설들은, 선명하게 드러나는 몇 가지 특성을 보여준다. 아직 작가로서의 연륜이 오래지 않은 이의 작품이 그와 같이 특정한 면모를 보이는 것은, 궁극적으로는 작가의 성향을 말하는 것이며 동시에 그것이 일정한 수준으로 정돈되어 있음을 뜻하기도 한다.

　이희단은 여기 여덟 편의 소설에서 하나같이 강렬한 객관적 상관물을 사용한다. 게, 나무, 돌, 꽃, 반지, 청나일 등이 그것이다. 나중에 구체적인 작품들과 더불어 다시 설명하겠지만, 이는 작가가 소설의 제재(題材)와 주제의 상관성을 매우 능숙하게 활용하고 있음을 반증한다. 그런가 하면 이 이야기들을 펼쳐 보이는 소설적 환경, 곧 작품의 무대를 매우 광폭의 공간으로 설정한다. 그 직접 또는 간접 경험의 실상을 모두 측정하기는 어렵지만, 이 상황을 통해 오늘날 우리 소설의 영역을 확장하는 참신한 성과를 예단할 수 있다. 사실 이러한 소설적 방법론은 어느 정도 창작의 연륜이 무르익은 다음에 효력을 발양하는 것들인데, 그에 비추어 보면 이 작가의 기량과 가능성을 짐작하게 하는 대목이다.

이희단의 소설적 서사는 매우 치밀하고 촘촘한 이야기 구조로 짜여 있어서, 여덟 편 가운데 어느 하나도 태작(駄作)으로 보이는 것이 없다. 이를 뒷받침하는 소설의 문장도 서툴거나 허약한 곳이 없어서, 오랜 자기 단련의 시간을 거쳐왔음을 짐작하게 한다. 그런가 하면 그의 소설들이 입을 모아 말하는 듯한 주제, 가족사나 가족관계의 위화감 또는 그로 인해 어긋난 삶의 도정에 관한 담화는 오늘날 우리 시대 우리 주변에 흔히 목도 할 수 있는 것들이다. 그런데 이를 식상하지 않은 이야기로 이끌어 가고, 그 동어반복조차 저마다의 모양과 빛깔을 드러내고 있어서 값있는 소설을 읽었다는 후감을 남긴다. 그렇게 세상살이에 대한 관찰과 그것을 형상화하는 이야기의 문맥이 사뭇 미더운 작가가 이희단이다.

2. 객관적 상관물에의 감정 이입

우리가 여기 이희단의 소설 세계를 해명하면서 빌려온 객관적 상관물의 논리는, 원래 T.S 엘리엇의 것이다. 시에서 정서와 사상을 표현하기 위하여 찾아낸 사물, 정황, 사건을 이르는 말인데 이를 소설 논의에서 사용해도 문제될바 없다. 보다 풀어서 말하자면, 문학작품에서 개인의 감정을 그대로 드러내는 것이 아니라 사물과 사건을 통해 객관화하려고 하는 창작기법이다. 특히 시에서는 역설적인 표현에 원용하며, 그 모순된 표현 가운데 작품 속 화자의 감정 이입을 도모하기도 한다. 예컨대 김소월의 시에서 민요적 성격이 강한 소재들이 그와 같은 주제 의식을 견인하는 경우가 많다. 이희단은 이 창작집에서 그 오랜 창작기법을 유감없이 활용한다.

언니, 거기선 왜 그렇게 게가 먹고 싶었는지 몰라요. 마치 게를 먹는 것이 그의 사랑을 확인하는 어떤 것처럼요. 나는 그가 무슨 생각을 하는지 알 겨를도 없이 게 타령만을 했었지요. 언니가 왜 집을 나왔는지는 아직도 잘 모르지만 어렴풋하게나마 결혼생활에서 언니가 느꼈을 어떤 비애를 느끼긴 했죠. 그러나 아직도 나는 잘 모르겠어요. 언니를 힘들게 했던 것들이 어떤 것인지를요. 그냥 짐작만 했을 뿐이었죠. 언니의 나이가 되면 알 수 있을까요. 단지 생활의 어려움 속에서도 가끔 샘솟듯 하던 환했던 언니를 보면 그저 좋았어요. 아주 가끔씩이었지만요.

「게」의 한 대목이다. 이 소설에서 '나'를 언니라고 호명하는 직장 동료는 '나'에 필적할만한 게 애호가다. 이 인용문이 암시하는 바와 같이 '나'는 결혼생활의 비애 끝에 집을 나온 여자다. 남편과 시댁 모두와의 관계 설정이 어렵고, 특히 남편과 생애 동반자로서의 일치나 합일을 가져오지 못한다. 이 난감한 관계성, 가장 가까이 있는 타자와의 불협화는 이희단 소설 전반을 관류하는 중심 줄기다. 이러한 서사적 모형은 한 여성이 감당하는 고뇌와 그 동통(疼痛)을 체현한다. 이 모든 고통을 예표하고 상징하는 자리에 게의 담론이 놓여 있는 것이다. 이 게는 어린 날 엄마의 기억이나 '나'를 이해하는 아들과의 관계에도 개입하고 동시에 그 관계성의 의미를 작동하게 한다.

그 나무를 보면 항상 어릴 때의 기억이 떠오르고는 했다. 집안이 빚더미에 앉았던 여고 시절, 학교는 나의 안식처였고 작은 운동장에 있던 단 한 그루의 나무는 내 마음을 위로해 주는 진실한 친구였다. 누구에게도 터놓지 못하던 집안 사정을 나무에게만은 말할 수 있었다. 나무는 나를 다독여 주었고 열심히 공부를 하라고 격려를 해주었다. 절대 옆길로 새지 말라고 말 없는 용기를 주었다. 저녁이 어둑해질 무렵이면 어깨를 펴고 교문을 나설 수 있었던 것도 나무의 힘이었다.

바람이 분다. 길가의 나무가 흔들린다. 나의 나무도 흔들리고 있음에 틀림없다. 버스정류장 의자에서 일어났다. 병원으로 발길을 돌리면서 흔들림은 이제는 없다고 마음속으로 다짐했다. 그제야 나무가 나에게 말을 걸어왔다. 어서 가보라고. 그가 기다리는 병실로 가보라고. 그를 돌볼 사람은 이제 없지 않느냐고.

「그 나무」에 등장하는 '나'의 나무에 대한 인식이요 반응이다. '나'는 나무에 기대어 자신의 인생을 재구성한다. 이 소설의 '나' 또한 남편과 화해로운 가정을 구성하지 못하는 여느 화자와 다르지 않다. 그 곤고한 삶의 행적을 반영하듯 소설에서 언급되는 목련나무, 회화나무, 은행나무는 저마다의 기억과 사연과 의미망을 끌어안고 있다. 마침내 '나'의 마음이 도달해 있는 곳은 화가 김환 선생이다. 소설의 결미에서 그에게로 돌아가라는 나무의 권유는, 실상 자신의 존재론적 자아가 일상적인 자아에게 보내는 전언이라 할 것이다. 그렇게 본다면 이 작가는 여기서 굳이 나무를 매개로 하여 화자의 행위 유형을 규정하고 있고, 그것이 소설의 전면에 나무를 내세운 이유기도 하다.

왜 나는 돌에 이리 집착하는 것일까. 몇 년 전의 그 돌이 생각나서일까. 아니면 예전의 그 골짜기에서의 사랑이 그리워서일까. 다 지나간 일들이었다. 가슴속에서 이미 지운 일들이었다. 밀린 숙제를 마친 학생처럼 홀가분했었는데 새삼스럽게 왜 그런지 나도 알 수 없다.

나는 선착장 근처로 내려갔다. 물은 깊었다. 가져온 종이상자를 열고 돌을 꺼냈다. 내 눈을 닮은 돌이 나를 보고 있었다. 나는 마음속으로 돌에 작별인사를 했다. 잘 가라. 나의 인연. 나의 시간아. 나는 있는 힘을 모아 돌을 호수에 던졌다.

「돌의 기억」에서 화자인 '나'는 젊은 시절부터 돌을 매개로 세상을 보고 또 삶을 인식한다. '나의 청춘' 시절에 군인이었던 '그'가 준 돌에서부터, 갤러리의 전시회에서 '오래된 돌에는 늙은 빛이 산다'는 강렬한 경구를 만나는 그 돌에 이르기까지, 돌의 상징적 작용을 동반하고서야 소설적 이야기가 진척된다. 여기에서의 '나' 또한 남편과의 부조화를 벗어나지 못한다. 미상불 그러하기 때문에 삶의 주변에 있는 돌이 생생한 힘으로 살아나는 것인지도 모른다. 이는 이 소설의 서두를 '그림에 영혼이 있을까. 돌에도 영혼이 있을까'로 시작한 까닭이기도 할 것이다. 남편의 바람기나 가슴 속에 다른 남자를 품고 있는 여자의 일상은, 돌을 호수에 버리는 것으로도 회복되기는 어려워 보인다. 그 복잡하고 미묘한 감정의 기복을 돌에 의탁한, 돌을 통해 풀어낸 소설이다.

길에는 꽃들이 바람에 흩날렸다. 눈이 오는 것처럼 아름다웠다. 저 꽃을 언니와 함께 보지 못하더라도 같이 본 것이나 다름없다고 그렇게 생각해야 한다. 그것이 언니의 마지막이라 여기며 나는 엑셀 페달에 힘을 준다. 도로는 한적했다. 이제, 머릿속에 꽃이 가득 찼다는 전화는 걸려오지 않을 것이다. ····지금 길에서 벚꽃을 보고 있지만 실은 칼미아꽃은 내 마음속 더 깊은 곳에 있었다. 그것은 첫 월급 탔어, 나와라, 하는 언니의 목소리였다.

「언니의 꽃」은 꽃을 매개로 하는 어느 자매의 이야기다. 여기에는 칼미아꽃이라는 좀 생경한 꽃의 이름이 등장하는데, 때로 언니는 이를 벚꽃이라고 우기기도 한다. 언니는 정신과 육신의 여러 질환을 앓고 있으며 '나'는 그 언니로 인하여 애를 태운다. 사정이 어려워서 '나'는 조카를 자신의 호적에 올렸다. 그런데 결국 언니는 먼저 세상은 떠나고, '나'는 병원에 있는 어머니에게 차마 그 사실을 알리지 못한다. 언니의 삶이 힘겨웠던 연유는, 이희단의 다른 소설들에서 화자가 감당하던 '가부장제와 결혼생활의 불합리성' 때문이었다. 이 여러 정황을 표현하는데 벚꽃 또는 칼미아꽃이 동원된 것이다. 이들 자매에게 꽃은 무엇과도 대체할 수 없는 존재의 길목이요 그 이름이었다.

어쩌다 반지를 보고 거기까지 생각이 미칠 수가 있는지 나도 알 수가 없었다. 그러나 한 가지 분명한 것은 내가 세상에서 단 하나밖에 없다는 반지를 바르셀로나 람블라스 거리의 노점에서 보았다는 것이다. 나의 놀람에도 아랑곳없이 무심한 남편은 맘에 들면 사지 그러냐고 다시 재촉했다. 사려고 망설이는 것으로 남편에게 비쳐졌나보다. 남자들이란 기다리지를 못하는 족속들이었다. 아니 남자가 아니라 남편들이겠지. 나는 남편에게 노점이 끝나는 곳의 작은 공터를 가리켰다. 우람한 체격의 남자가 불을 입에 넣었다가 막 꺼내는 중이었다. 구경하기 좋아하는 남편은 벌써 발걸음을 그곳으로 옮기고 있었다.

「오직 하나뿐인」은 반지에 관한 이야기다. 물론 이 반지는 다른 사람들과의 상관성에 대한 하나의 증표다. 이 소설에서 '나'와 남편은 여전히 건너기 어려운 강을 사이에 두고 있다. 남편은 '나'를 속이며 다른 여자를 만나고, 나는 남편 몰래 옛 애인 K를 생각한다. 이 좁혀지기 어려운 평행선은, 이희단 소설의 전매특허이기도 하다. 이 가깝고도 먼 상거(相距)는 멀리 스페인까지 가서도 매한가지다. 그렇게 '나'와 반지 사이에는 얽힌 이야기가 많다. 그 얽힘 또한 만만한 것이 아니어서, 나는 남편으로부터 떠날 생각이 없다. 결혼 예물의 금반지로부터 시작하여 소설에 등장하는 여러 반지가 제각각의 사연으로 입을 열어 말하는, 매우 유다른 형용의 소설이다.

청나일 쪽으로 가야만 내가 바뀌는 건 아닐지도 모른다. 일상을 사는 생활이 달라지진 않을 것이다. 그와 멀어지는 것도 아닐 것이다. 그러나 내가 앞으로 겪는 모든 것을 대하는 마음은 달라질 것이다. 전처럼은 살지 않겠다는 다짐이기도 할 것이다. 나는 예전의 나를 찾아 씩씩할 것이었다. 무엇보다도 나는 글을 쓰게 될 터였다. 비록 어떤 결실을 보지 못한다 하더라도 나는 나를 기록할 것이었다. 내가 살았던 흔적을 남길 것이었다. 거기에는 물론 그녀가 많은 부분을 차지하게 될 터였다. … 나일강과 그 강의 범람이 이집트를 만들었듯이 그녀의 죽음은 나를 만들 것이었다. 어쩌면 내가 신전에 있을 때 그녀의 영혼은 나보다 먼저 청나일을 다녀왔을지도 모른다.

「청나일 쪽으로」에서 청나일은 나일강의 발원지 중 하나다. 그 발원지 에티오피아에는 푸른 강이 있는데, 이 물을 먹고 자란 원두는 푸른색을 띤다는 것이다. 여기에서의 청나일은, 다른 소설들에서 사물이 담당하던 객관적 상관물의 역할을, 그 특별한 존재의 이름으로 수행한다. '나'는 마음을 나누고 있던 '그녀'의 죽음과 그녀의 딸 J 그리고 이 소설에서도 한결같이 무덤덤한 남편과의 여러 관계에 이 청나일을 개입시키고 청나일의 의미를 통해 사태를 판정한다. 그 가운데서도 가장 강력하게 '나'를 북돋우는 것은 '그녀'의 죽음이며, '그녀'를 통해 새 삶의 방향성을 확보하는 결말에 이른다. 그런데 거기 이 소설의 화두인 청나일의 이미지가 하나의 구심력으로 작용하고 있는 것이다.

> 내 방에 고이 모셔져 있는 돌을 가끔 들여다본다. 돌에는 색색의 무늬가 둘려져 있다. 돌에 겹겹이 새겨져 있는 고운 파스텔 색에서는 따뜻한 온기가 나오는 듯했다. 돌의 결은 어린 시절의 슬픔도 신혼시절의 어려움도 그리고 지금의 안락함도 모두 인간들이 겪는 시간이라고 말하고 있는 듯했다. 그러다 죽음을 맞이하는 것이라고 가르치고 있는지도 몰랐다. 어찌 나의 시간이 저 돌의 시간과 비교가 될 것인가. '돌' 작품만은 아이들에게 물려주고 싶은 마음까지 들었다.

「페트라의 돌」은 앞서 살펴본 「돌의 기억」과 같이 돌을 중점적인 소재로 활용하고 있으나, 이야기의 향방은 한결 다르다. 이 소설의 '나'는 다른 작품에서와 마찬가지로 자기 삶을 내향적으로 관찰하는 인물이며, 남편은 변함없이 '나'의 마음을 채워주지 못하는 존재로 그려져 있다. 그런가 하면 과거의 힘겨운 가족사가 이들 위에 드리워져 있고, 그 중 숨겨져 있던 시동생은 '가슴속에 큰 돌을 안고 여태까지 살아왔어요'라고 명시적으로 말한다. '나'는 돌의 여러 모양에 스스로의 삶과 생각을 반사하는 사람이다. 이번의 돌은 저 아랍의 고대 유적지 페트라에서 가져온 것이다. 소설 내부의 화자에게 돌의 의미를 결부하여, 그 돌과 더불어 삶의 핍진한 이치를 들추어 보인 작품이 곧 이 소설이다.

3. 이야기의 확장과 자아의 각성

　이희단의 이 창작집은 앞서 살펴본 바와 마찬가지로, 첫 작품집을 내는 작가 같지 않은 노련하고 성숙한 모습으로 객관적 상관물을 활용한 웅숭깊은 소설 세계를 보여주었다. 이는 하나의 사물을 연결고리 또는 매개체로 한 그 소설의 서사 구조가, 충분한 이야기의 재미 또는 소설적 견식을 드러내고 있다는 말과 다르지 않다. 더욱이 그 소설적 무대나 환경의 구성에 있어서, 세계의 여러 나라와 그 풍물들을 자유자재로 도입하고 있는 모습을 보인다. 이는 그 직접 또는 간접 경험의 범주와 의미 해석을 두고 작가의 소설 구성 기량이 이미 신진의 단계를 훨씬 뛰어넘었음을 인정하게 한다. 그의 소설에는 그러한 공간의 변환으로 소설적 자아의 각성을 촉발하는 힘이 있다. 미상불 이 소설 공간 확장의 방법과 수준은 자못 놀랄 만하다.

　이 창작집의 소설들은 저마다 해외 먼 곳의 공간적 환경을 매설하고 있다. 그 지역의 도입이 소설의 흐름에 비추어 선택과 집중의 방식을 효율적으로 적용하고 있기에, 신박한 이야기 운용에 효용성을 더한다. 「게」의 마이애미, 「돌의 기억」의 LA, 「오직 하나뿐인」의 스페인, 「청나일 쪽으로」의 이집트, 「페트라의 돌」의 요르단 등이 그 지명 또는 나라의 이름이다. 다만 이 공간 활용의 소설 작법은 서사구조의 형성에 효력을 더하고 있지만, 자칫 그것 자체가 하나의 스테레오 타입으로 굳어질 수 있음을 경계해야 한다. 이는 소설의 주제나 이야기의 구조화에 있어서도 마찬가지다. 이희단의 소설은 대나무를 크게 키우는 '마디'처럼, 이번 창작집을 하나의 마디로 하여 자신에게 익숙한 이 형틀들을 파쇄할 수 있어야 한다.

　기실 당대의 한국문학에서 공간 확장, 탈경계의 논리와 창작방법을 같이 하는 작가는 매우 많다. 아니 단순히 많은 것이 아니라 여러 작가에게 일반화되어가고 있다. 한국문학의 대작가로서 2008년 타계한 박경리의 대작 『토지』에는, 일제 강점기의 중국 만주 지방에까지 이야기의 무대가 확장되어 있다. 중진작가 황석영의 『바리데기』나 『심청』 같은 소설에서도 그러한 작품 환경의 탈경계적 확대를 볼 수 있다. 또 다른 중진작가 조정래의 『정글만리』는, 한국의 미래를 위해 중국 비즈니스의 세계를 소설화한다는 창작

의도로 논란이 되었으나 근래에 많이 읽힌 베스트셀러이다. 중견작가 김인숙의 『시드니 그 푸른 바다에 서다』, 김영하의 『빛의 제국』과 『검은 꽃』, 강영숙의 『리나』 또한 유사한 탈경계의 범례가 된다.

김인숙의 『시드니 그 푸른 바다에 서다』는, 한국에서 호주로 이민간 사람들의 세계를 그렸다. 한 남녀의 삶을 중심으로 한국과 호주의 접경지대에 선 사람들의 끈질긴 생명력과 사랑을 감동적으로 보여주었다. 김영하의 『검은 꽃』은 일제 강점기에 멕시코로 이주한 조선인 노동자들의 이야기다. 거기에 밝은 꽃길은 없었다. 그 삶의 어둡고 참혹한 상황을 작가는 '검은 꽃'이라 불렀다. 같은 작가의 『빛의 제국』은 한반도의 특수한 상황을 반영한, 북한에서 남한으로 온 스파이의 이야기다. 김영하 특유의 기발한 상상력을 바탕으로, 역사적 현실 속의 실존적 삶을 조명한다.

한국과 베트남은 베트남 전쟁 이래 여러 부면에서 은원(恩怨)이 얽혀 있었으나, 지금은 빠른 속도로 우호와 신뢰를 회복하고 있다. 문학에 있어서도 동남아의 다른 나라에 비해 작가 교류가 활발하다. 이러한 현상은 자연스럽게 소설의 배경에 베트남을 도입하게 했다. 대표적 작가로 방현석은, 베트남에 거주하는 한국인이 베트남 사람들의 아픔을 이해하는 과정을 그린 「랍스터를 먹는 시간」을 썼다. 그의 다른 작품 「존재의 형식」 또한 오랜 베트남과의 친화가 남긴 선물이다. 이와 같은 작품들의 연장선상에 현재까지의 이희단 소설들을 가져다 두어도 크게 어색할바 없다는 것이 필자의 판단이다. 앞으로 이 대목이 더욱 그 범주를 개방하고 그 의미를 강화된다면, 우리는 다시 또 이 작가를 괄목상대의 눈으로 바라보아야 할지도 모른다.

이제까지 필자가 만나고 대화하며 지켜본 이희단은, 그의 소설 세계가 말해주고 있듯이 내향적 자기 성찰이 강하며 자기 몫의 일에 선이 선명한 이였다. 어쩌면 이와 같은 성향이 이렇게 좋은 소설을 창작하게 하는 원동력이 되는지도 모를 일이다. 그는 오랫동안 계간 문예지의 편집위원으로 활동하며 또 우리 시대의 뜻 있는 문예운동으로서 '스마트소설' 진흥에 앞장서 온 경력을 가졌다. 이번 첫 창작집을 통해 증명된 작가로서의 역량을 바탕으로, 향후 더 좋은 소설을 더 자주 볼 수 있게 되기를 바라마지 않는다. 필자로서는 그의 좋은 소설들의 집적을 보다 먼저 읽게 되는 기쁨을 누린 셈이다.

| 수록작품 발표지면 |

청(青)나일 쪽으로 ······ 「2021 신예작가」 2020년 11월

오사카의 시계 ······ 엔솔로지 「feat. 죽음」 2023년 7월

게(蟹) ······ 「한국소설」 2022년 5월호

페트라의 돌 ······ 「문학나무」 2018년 가을호

언니의 꽃 ······ 「문학나무」 2022년 여름호

그 나무 ······ 「월간문학」 2022년 11월호

오직 하나뿐인 ······ 「문학나무」 2016년 겨울호

돌의 기억 ······ 「문학나무」 2015년 겨울호